U0055591

貓派

You Know You Want This

Kristen Roupenian
克莉絲汀．魯潘妮安—著
呂玉嬋—譯

各界一致讚譽推崇！

這絕不是得先說服自己「我在讀一部文學作品」才能進入的那種書。克莉絲汀・魯潘妮安是說故事好手——她非常清楚什麼材料有效、什麼片段會發光。黑色童話與醜惡現實形成高度反諷，種種畸零、不可見光卻又無所不在的人際關係的集合，讀之恐怖，因為我們從中找到自己。每篇都散發強烈、鮮活的「人」的氣息：傷害總隱含詩意，詩意又造成傷害。渴望愛使我們敗壞。

——作家／楊婕

〈貓派〉一篇能引起共鳴，在於精確地抓住現代人際關係當中的曖昧性。如何確認一個人是否為好人？至少「不是怪人」？不論是公眾場合的交談、網路上或手機訊息的交換、私下的相處，甚至發生肉體關係，一層一層撥去，全是表象。而真正威脅的暴力與惡意卻如影隨形。我們可以在表面的情節設想無數種「差一點釀成悲劇」的可能，並為之捏把冷汗——因為這也是我們的日常。

——作家／朱嘉漢

除了〈貓派〉，一篇短篇小說能夠像病毒一樣傳播簡直聞所未聞。透過不可思議的寫作敏銳度和絕佳時機，造就了這篇作品。時間過了一年，魯潘妮安這本處女作的亮相，證明了她的成功不是僥倖。書中的十二個故事，讓人從不舒服逐漸感到真實的恐懼（並非全部，但經常出現），並刻劃成為一個女性的惡性矛盾……它們教人不安、令人難忘，而且很反常地，它們也非常非常有趣！

——**寇克斯評論**

雖然《貓派》剛好偶然地與「#Me Too」產生連結，但它真正的高明之處，除了來自於對權力心理的理解外，還有認知到對於權力的渴望本身其實是一種缺陷：人們如何衝動地走向虐待狂般的自戀，並且不認為這是一種屈從。

——**新共和通訊**

克莉絲汀・魯潘妮安不僅是一位不可思議的偉大作家，她深深了解人類的心靈。我一直認為，我應該會在某處獲得這些感觸，但我卻從未有過。書中一些關注男性的特別想法，我很確定她是對的。讀完這本書之後，世界變得更有意義。

——**紐約時報暢銷書《第一個惡人》作者／米蘭達・裘麗**

《貓派》寫下了非常奇怪又深刻的人性。當談到了隱藏在男女之間看似平凡的遭遇、秘密的傷害和扭曲的欲望時，克莉絲汀．魯潘妮安簡直是一位超級天才。我喜歡這本怪異、精采的故事集裡的每一個字！

——**《我記憶中的瑪莉娜》作者／茱莉．邦廷**

如果你認為自己了解這個系列故事在說什麼，那你就錯了。這些故事是尖銳而乖張的、黑暗和奇異的、無情和徹底瘋狂的。我愛死它們了！

——**美國國家圖書獎入圍作家／卡門．瑪莉亞．馬查多**

〈貓派〉的特別之處在於，作者對語言、人物、故事的專業掌控——她能寫出她所感受到的事物，但又如此謙遜、易讀，讓我們相信這一定是真的！

——**紐約時報書評特刊**

不論用何種標準衡量，這些都是精巧、機智、讓人上癮的故事。魯潘妮安的傑出之作！

——**美國全國公共廣播電臺**

《貓派》提供了這個時代所需要的一個破壞球，也是一個喧鬧內在的翻轉者，它切入了現代錯誤關係、錯誤溝通，以及人類的恐怖核心——沒禮貌、漠視他人的無知、自我感覺良好、不在乎他人感受……讀讀這本書吧！

——**紐約時報暢銷作家／傑夫．梵德米爾**

這些犯罪、越界和黑暗的故事，宣告了美國短篇小說中大膽、新穎和必要之聲的來臨！

——**美國國家圖書基金會傑出青年作家獎得主／克萊兒．韋依．瓦金斯**

《貓派》是魯潘妮安閃亮的出道之作，故事的中心存在著一部輝煌的復仇喜劇……〈貓派〉讓我們開始關注魯潘妮安的下一部作品。

——**波士頓環球報**

導讀／

「你知道你想要這個。」

作家　羅浥薇薇

已經好一陣子讀不下稍長的文學作品，電影也沒轍，絕大部分肇因於腦子裡掌管記憶的神經作怪，瞻了後顧不了前，出場人物過多情節太複雜我便身陷邏輯迷霧怎麼也無能撥雲見日。這使我閱讀的口味急遽限縮，以短小精悍為準。而在此般篇章中多數作者的心會如大浪退去之後的沙灘，散鋪或碎裂貝殼或棄置的酒瓶情信，遭讀者目睹無一倖免。

我一面唸克莉絲汀・魯潘妮安（Kristen Roupenian）的《貓派》，一面咯咯笑著用鉛筆劃線寫下如「真浪漫」、「嚇死我了」、「超有力的結尾」或「愛是什麼」之類的直覺短評，然後彎腰一一拾起她遺落的、所有惡夢與美夢交纏的化石。令人不安的是那化石仿若睡著睡著還會猛然跳起身反噬你，讓你既捧著它寶惜它已逢淬煉的特出、被它的衝突性與緊張感牢牢拉住，又不甘心被它就這樣咬住不放，那不多贅語的留白是欲走還留的神來高招，你我他都有機會將自己填補入那些幽黯的心及平凡怪誕的角色。

克莉絲汀．魯潘妮安確實這樣說了：「我希望這選集令讀者坐立難安，讓他們即使正閱讀著現實，卻仍不知道他們所讀著的真是現實世界。」還淡淡地表達了自己數度意欲在作品中呈現的主題：「人是會慘遭殺害的，某人也有可能瞬時化為野獸。」

儘管說著的是如此可怖的事，在我看來，克莉絲汀．魯潘妮安的寫作卻擁有一種令人難以立即察覺的浪漫。比如〈看著妳的遊戲，女孩〉裡頭，即使描寫著一場古怪且令人緊張的邂逅，卻同時能夠利用小人物與大時代的星象相連，鋪陳出女孩自緊繃的身體鬆綁的心，她描述潔西卡長大成家之後，仍時時立在窗前，「凝視著外面浩瀚、可怕、光芒刺穿的夜晚，發現自己好奇著查爾斯是否還在公園等待她的到來。」

那樣的浪漫由恐怖而生，而那恐怖同時充盈著神秘的浪漫。無論是恐怖或浪漫，在她的筆下都以精心算計過的權力流動層疊呈現，正是在那些權力張揚與反轉之中，不為人知的恐怖與浪漫更使人瞠目結舌，她要你逼視關係中隱而不顯（甚至已明白張顯）的殘酷、施虐／受虐過程裡複雜的惡俗或歡愉。〈死亡願望〉裡的「我」在女孩指令之下一步一步試圖扮演好施虐者的角色，並在極度混亂的情境之下領悟了自己身在如何「責任與無力感結合」的宇宙：「我沒有人能責怪，讓我的生活完全失去控制的人就是我，我做過的每一件事把我帶到了這裡，我所有的選擇引導我到這裡，到這一件事上。」最末他仍是做了女孩要求他所做的所有事，並以為此處便是他的谷底：「我想重建我在人生那個階段的處境，弄清我是怎麼走到那裡，走到那一拳，走到那張床，走到那個女孩——但我辦不到……因為最糟糕的事不是揍她，不是踢她，不是後來跟她上床，也不是結束後跪在浴室對著馬桶大嘔特嘔。是一切結束之後，她走了，我一個人時的感受。」關於死亡願望的深層意涵在這樣的獨白之中終於被揭開：何謂真正的死亡？如何面對他人的願望？而當你與作者同時將結語導向「這樣問題多多的女孩早晚一定會死的吧」之時，他又冷不防回馬槍一句：「但誰知道，沒死也說不定。」教人身心永不得安頓。

克莉絲汀．魯潘妮安處理關於「權力」：無論是性別、年齡、甚或同儕之間的微妙力量轉移，擁有一種極富戲劇性的節奏感，當中又隱隱透露精心調整過的、使人坐立難安的尖銳視角。尤其在表現「女性凝視（Female Gaze）」時，她總能為那個女性視角的舞台倏地打亮好幾盞聚光燈，使你不得不直視人們對於女性經歷（尤其是性經歷）的缺乏關注，以及物化／被物化的欲望交織。〈池中男孩〉是其中最明顯的例子，過氣男星作為被凝視的客體，纏繞著派對主辦人對於派對主角難解的女性情誼，於是你發現自己從未真正理解女性微妙的表情與舉止訴說著什麼，她們作為侵略者又是如何令人如鯁在喉；以年輕少女口吻細細描述一場尷尬約會的〈貓派〉，明明是第三人稱小說，卻全然站在女主角一方毫不留情地告白她在這進退兩難的歡愛過程中不停自我辯證的心境轉換：「……『我們應該要自殺吧。』她想像自己這麼說，又想像在某個地方，在宇宙某處，有個男孩像她一樣覺得這一刻又糟糕又超級好笑。在遙遠未來的某一刻，她告訴男孩這段故事……男孩發出痛苦的尖叫，抓著她的腿說：『我的天啊，別再說了，拜託，不要，我受不了了。』兩個人就抱在一塊，笑個沒完沒了。」這樣想完她的腦袋又更加出戲（其實我們都知道讓她出戲的是作者）：「但當然沒有這樣的未來，因為沒有這樣的男孩存在，他永遠不會存在。」我不信全世界的男人都沒想過女人在床笫之間的表情與聲響如何似假還真，但大概大多數人（無論男女）都裝作一切不存在，於是當這些畫外音如此坦蕩蕩地透過作者的筆下被大聲喊叫出來時，我想承受不了真實的（男）人們都會和小說中搞不清楚狀況的羅伯特一般，因著一時無法確知自己身處的境況，只得下意識地掏出腦中的步槍往前擊發。

克莉絲汀．魯潘妮安的故事擁有實實在在的疼痛感。〈火柴盒症〉裡的寄生蟲在大衛全心相信蘿拉看似精神失常的舉措之後，自愛人體內游出、將大衛視為取而代之的宿主，電影感十足的末段使讀者無法不起雞皮疙瘩；作為徹徹底底的駭人童話，〈傷痕〉和〈鏡子、桶子和老舊的大腿骨〉一則以古老咒語為起源，討論著永遠無法抵達的願望（「我不止召喚他，還創造了他。」），一則把青少女即將邁入女人中間所經歷的、難以言喻的自戀性欲及幽微情緒以寓言方式具象化殘酷展現。但克莉絲汀．魯潘妮安在一則訪談當中提到：「當我試圖告訴讀者故事中存有什麼隱喻，我便會寫出一則壞故事。」於是你可以看見她寫作的精準度及強烈的立體感，所有屬於我們的怪物似隱又顯，她繼續自述，當讀者已知自己正閱讀恐怖故事，便會期待某事即將發生，但當你並不確知自己身處在何種世界時，才有可能真正擁有那意想不到的可怖感受。這樣自覺作者與讀者之間的關聯，才使得她的作品充滿真正與眾不同的強大張力。

這本選集中我情有獨鍾的或許是首篇〈小壞蛋〉。那樣生動描述「主／奴」以及「窺視／被窺狂」關係的心理分析驚悚片，需要非凡的觀察及譬喻能力，以及緊湊的剪接技巧：「他就像是什麼滑溜溜的東西被我們攥在拳頭裡，我們捏得越用力，它就越是從指縫間鑽出。我們在他內心追逐某種讓我們厭惡的東西，但我們像是被氣味逼瘋的狗。」「起初，我們要他做的事就是我們一直提醒他的事：起床，洗澡，刮鬍子，別再給那個機車的女孩傳訊息。但現在每一條指令都伴隨著一聲閃電，空氣中閃爍著微光。」當然，少不了她招牌的、難以預料的結尾。女主角在令人震驚的末段理性與感性交雜地這樣描述：「他是那麼的可憐，躺在那裡，那樣的渺小，而我們卻填滿了整個世界。」短短幾句話，讓我們都像是被緊緊勒住了脖子，無法出聲。

事實上，閱讀克莉絲汀·魯潘妮安時常使人內心尖聲嘶吼，張口卻成不了音。她把世界造好，我們都不知道自己將被她置放在何處，裡頭躲藏著什麼怪物，只得無能抗拒地一頁一頁翻下去、弱弱地掩面。

這世界是她的，她握有權杖在我們耳畔輕輕地說：

「你知道你想要這個。」

非常感謝最初刊載這些故事的刊物，幾篇作品經過編輯後刊登：〈小壞蛋〉在《位體雜誌》發表，〈貓派〉在《紐約客》發表，〈傷痕〉在《讀者文摘》發表（原題為〈別留傷痕〉），〈夜跑魔人〉在《科羅拉多評論》發表。也感謝霍普伍德基金會對〈夜跑魔人〉與〈火柴盒症〉的支持。

獻給我的母親卡蘿·魯潘妮安

她教我去愛那些讓我害怕的東西

Contents

他
說
有什麼東西在抽搐
在你的胸膛裡

那不是一顆心

它是牛腸白
&纖維狀&去了內臟

——勞拉·格倫姆，〈標緻〉

小壞蛋

Bad Boy

前幾天晚上我們的朋友來了。他和他那個機車女友終於分手了，這是他和這個女友第三次分手，但他強調這一次會堅持到底。他在我們家的廚房走來走去，碎念交往六個月中成千上萬次的小羞辱小折磨，我們則一面柔聲安撫，一面焦急煩躁，把臉彎成同情的形狀，朝著他的方向望去。他去洗手間定定神時，我們癱在一塊，翻出白眼，假裝要勒死自己，朝自己的腦袋開槍。一個對另一個說，聽朋友抱怨他分手的細節，就像聽一個酒鬼嘀咕宿醉：是的，他是很痛苦，但老天，面對一個搞不清自己問題根源的人，是很難給予同情的。我們互相問：跟差勁的人約會，然後在他們對他很壞時表現出驚訝，這種情形我們的朋友還要繼續多久？接著他從洗手間出來，我們替他調了當晚的第四杯酒，告訴他他喝太多了，不能開車回家，但歡迎在我們的沙發上窩一晚。

那天晚上，我們一起躺在床上討論我們的朋友。我們抱怨公寓太小了，我們怎麼有辦法做愛不被他聽到呢。我們說，也許橫豎還是做了吧——這將是他這幾個月來最接近上床的一次（不上床也是這位機車女友的控制策略），也許他會喜歡。

第二天早上，我們起床要去上班，朋友還在睡，襯衫有一半的扣子沒扣上，身旁都是壓扁的啤酒罐，顯然在我們上床睡覺後還一個人喝了很久。他躺在那裡，看起來好可憐，我們覺得很過意不去，前一天晚上竟然拿他開玩笑。我們多煮了咖啡，做了早餐給他吃了，告訴他想在我們公寓待多久都可以。但當我們回到家時，發現他在沙發上，還是吃了一驚。

我們要他起來洗個澡，然後帶他出門吃晚餐，在餐桌上不讓他談分手的事。但我們盡力哄他，他每一個笑話我們都笑了，我們還點了第二瓶酒，給他人生的忠告。你值得擁有一個能讓你幸福的人，我們說。跟一個愛你的人談一段健康的感情，我們繼續說，還互相欣賞了一眼，然後把注意力的火力集中在他的身上。他就像一隻渴望友誼和讚美的可憐小狗，見到他欣然接受，我們感覺很好；我們想拍拍他柔軟的頭，搔搔他的耳後，看他搖起尾巴來。

離開餐廳後，我們覺得非常開心，就邀朋友來我們的公寓。一到了公寓，他就問能否在我們家再窩一晚。在我們的逼問之下，他承認現在不喜歡一個人待在自己的公寓，因為家會讓他想起機車女友。我們說，當然可以，你想待多久就待多久，我們擺了沙發床，就是為了這種事啊。但在他的背後，我們互相投了一個眼色，因為即使我們想對他好，也無法容忍第二個沒有性愛的夜晚——首先，我們醉了，其次，哄人哄了一整晚，我們情緒都有點焦躁了。於是，我們上床了，就連道晚安的方式也應該清楚表明了我們要去做愛了。一開始，我們盡量不發出太多聲響，但很快就感覺到我們的努力——先是保持安靜，接著不禁呵呵笑，然後要彼此安靜——可能讓人更加關注我們正在做的事，那不如就用正常的方式來做吧。因此，我們做了我們想做的事，我們不得不承認我們還頗享受的，享受他在外頭的黑暗中聆聽我們。

第二天早上，我們有點尷尬，但我們告訴自己，嘿，也許這樣才能把他輕輕推出我們的窩，叫他回自己的公寓去，甚至鼓勵他找一位不會每兩個月只跟他睡一次的女朋友。但那天下午，他給我們傳了訊息，問我們晚上要做什麼。不久，他一週大部分時間都在這裡過夜了。

我們給他吃晚餐，然後三個人開車去某個地方，我們坐前面，而他總是坐後面。我們打趣說要給他零用錢花，分配家事給他做；我們又開玩笑說，我們應該調整我們的手機合約，讓他加入我們的家庭方案，既然大家都花了那麼多時間相處了。我們還說，這麼一來，我們就可以把他盯得更緊，阻止他傳訊息給前機車女友，因為他們雖然分了，還是保持聯絡，他老是在講電話。他保證會停止聯絡，發誓他知道這樣對他不好，卻馬上又傳訊息給她。不過，大多數時候，我們是喜歡跟他在一起的。我們喜歡寵他，照顧他，在他做了不負責任的事時罵他，比如傳訊息給前機車女友，或者因為前一晚熬夜而耽誤了工作。

儘管他跟我們一塊住在公寓，我們還是繼續做愛。事實上，那是我們最好的性經驗，而且成了我們共同幻想的重點，想像他在外頭，耳朵貼在牆上，一顆心被嫉妒、興奮和羞愧攪得七上八下。我們不知道這是不是真的，也許他用枕頭蒙著頭，不想理會我們，也許我們家牆壁的隔音效果比我們想像的更好，但我們兩人私下假裝是真的，用激將法激對方在仍舊滿臉通紅時氣喘吁吁走出房間，去冰箱拿瓶水，看看他是否還醒著。如果他醒著（他永遠是醒著的），我們就隨口跟他聊幾句，然後衝回床上大笑，再幹一回，這一次更加激烈。

遊戲讓我們性欲大漲，我們開始提高賭注，衣衫不整或裹著毛巾就走出去，留下一小條門縫，甚至虛掩著門。在特別喧鬧的夜晚過後，我們早上會逗他，問他睡得好不好，或者做了什麼夢。他會看著地板說，我不記得了。

要他在床上加入我們的想法只是一個幻想，但奇怪的是，過了一陣子，我們開始對我們的朋友這麼靦腆有點生氣了。我們知道，如果要發生什麼，我們必須先採取行動。首先，我們人數比他多，其次，這是我們的公寓，第三，這是我們之間相處的模式：我們對他頤指氣使，他乖乖聽我們的話。雖是如此，我們還是生他的氣，對他有點吹毛求疵，把受挫的欲念怪在他身上，更加稍微殘酷地戲弄他。

你什麼時候要交新女朋友？我們問他。哇，你那麼久沒做了，一定快瘋了吧。你不會在我們的沙發上自己來吧？你最好不要在我們的沙發上自己來哦。上床前，我們抱著胳膊站著，好像在生他的氣一樣，然後說，你在外頭最好規矩一點，這是一張漂亮的沙發，我們不希望明天早上看到它有任何的汙漬。甚至在其他人的面前，在漂亮女孩子的面前，我們拐彎抹角提到這個笑話。告訴她，我們說，告訴她沙發的事，說你有多喜歡它，你就愛那裡，對吧？他扭著身體點點頭說，欸，我很愛那裡。

後來有一天晚上，我們全喝醉了，我們開始更努力地開這個玩笑，堅持要他承認：說吧，你常常做，對吧，你在外面快抓狂了，偷聽我們的聲音，你這個變態，你以為我們不知道？接著我們愣了一下，因為這是我們第一次說出我們知道他聽得見我們，而我們並不打算洩漏這件事。但他什麼也沒說，我們便更兇狠地斥責他——我們聽得到你的聲音，我們說，還拿著啤酒對著他揮動，我們聽到你呼吸粗重，沙發吱吱叫，你大概有一半的時間在門口，在偷看我們，我們要說的是，沒關係，我們不介意，我們知道你很沮喪，但是，老天啊，行行好，別再說謊了。於是我們就笑了，笑得超大聲，接著又砲轟第二回合。於是一個新笑話開始了，這個笑話是，既然他已經看過我們，看過幾十次了，讓我們看看他才算公平。他應該讓我們看，他應該讓我們看我們不在時他在這張沙發、**我們的**沙發上做的事。感覺像是過了幾個小時那麼久吧，我們嘲笑他，刺激他，逗弄他，他越來越不安，但沒有離開，釘在沙發上不動。當他終於開始拉下牛仔褲拉鍊時，我們感覺到一種前所未有的興奮感，我們就杵在那裡看著他，直到忍不住了，才連滾帶爬衝回房間，開著門就做了。不過那第一次我們並沒有邀請他靠近，我們希望他從外面往裡面看我們。

第二天早上，局面很微妙，但我們還是挺過來了，說自己喝得太醉，老天啊，什麼也記不得了。他吃了早餐就走了，消失三天，但在第四天晚上，我們傳訊息給他，大家一塊去看了場電影。第五天晚上，他來了。我們沒提那個笑話，也沒提到我們之間發生的事，只是簡單地大家一塊喝酒，各自喝酒，好像同意了事情會再發生。我們不停地喝酒，認真地喝酒，每過一個小時，氣氛就更加緊張，但我們也越來越確信他願意。最後，我們說：去我們的房間等我們。他進去了，我們花了很久的時間才把酒喝完，細細品味，然後放下杯子，跟在他後面進去了。

我們訂出了規矩，他什麼能做，什麼不能做，他哪裡能碰，哪裡不能碰。他基本上什麼都不能做，他基本上只是旁觀，有時甚至連看也不行。我們是暴君；我們最大的樂趣來自制定規矩，改變規矩，看看他有什麼反應。起初，這些夜晚所發生的事是一件秘密的怪事，一個岌岌可危沾在現實生活邊緣上的泡泡，但大約開始了一星期以後，我們為他訂下第一個要在白天遵守的規矩，世界就猝然砰地裂開，充斥著各式各樣的可能。

起初，我們要他做的事就是我們一直提醒他的事：起床，洗澡，刮鬍子，別再給那個機車的女孩傳訊息。但現在每一條指令都伴隨著一聲雷電，空氣中閃爍著微光。我們的交代變多了：他應該去購物，買幾件好一點的衣服，我們來挑。他應該去理髮。他應該替我們做早餐。他應該打掃他睡覺的沙發的那一區。我們給他排了時間表，時間分割得越來越瑣碎，到了最後，他只有在我們要他睡覺、進食、小便的時候才會睡覺、進食、小便。被這樣擺布似乎很殘酷，也許確實如此，但他毫無怨言屈從了。有一段時間，在我們的照顧下，他的精神越來越好。

我們很愛，愛他急於討好的樣子，但這慢慢讓我們煩躁了。在性愛方面，他一貫服從的本能讓人沮喪；一旦我們適應了這個新模式，就沒有了頭暈目眩的首夜的摩擦或不確定感。不久，嘲弄又開始了，我們開玩笑說我們好像他的父母，他多麼孩子氣，他在沙發上可以做什麼，不可以做什麼。我們開始訂定遵守不來的規矩，訂定他違規時的小懲罰；小壞蛋，我們取笑他，看看你幹了什麼。那讓我們忙了一陣子，我們想出各種超有創意的懲罰，接著懲罰也開始升級了。

我們逮到他傳訊息給那個機車的女孩。後來我們還沒收了他的手機，因為發現他一直跟她通話，在他保證——發誓！——他們已經結束了以後。沒什麼好笑的，我們當時非常氣憤，覺得遭到嚴重的背叛。我們要他坐下，坐在我們桌子的對面。聽好，我們說，你不必住在我們這裡，我們不會留你的，你想的話，就回去你的地方吧，我們他媽的不在乎。

對不起，他說，我知道她對我不好，這不是我要的。

他哭了。對不起，他又說了一遍，請不要趕我走。

好吧，我們說。但我們那天晚上對他做的事連我們自己也覺得太過分了，隔天早上覺得自己很噁心，見到他讓我們覺得有點不舒服。我們叫他回家，我們想跟他再談談時會告訴他。

但他一走，我們就無聊到受不了。我們緊張兮兮憋了兩天，但沒有他在身邊看著我們，我們覺得好無趣又好空虛，簡直好像我們根本不存在似的。我們大部分的時間都在討論他，猜想他是怎麼了，說他一直以來都很受傷，然後跟自己承諾，如果我們要做的話，不管是做什麼，都會保持尊重，開家庭會議，約定安全口令，參加多元戀聚會。在第三天，我們叫他再來，完全是一片好意，但大家都客氣得要命，彼此之間也不大舒服。最後，唯一消除緊張的方法，就是進臥室重複三天前讓我們覺得非常噁心的一切。

在那之後，我們只有越來越惡劣而已。他就像是什麼滑溜溜的東西被我們攥在拳頭裡，我們捏得越用力，它就越是從指縫間鑽出。我們在他內心追逐某種讓我們厭惡的東西，但我們像是被氣味逼瘋的狗。我們做實驗——用疼痛和瘀傷，用鏈條和玩具——然後癱倒在一堆溼漉漉交纏的四肢中，如暴風雨過後沖上海灘的垃圾般混在一塊。那些時刻有一種平靜，房間是安靜的，只有我們緩慢交錯的呼吸，但我們接著會把他趕走，讓我們能夠獨處。不久後，凌虐他的需求又開始在我們的心中滋長，無論我們做什麼，他都不會阻止我們，無論我們叫他做什麼，他永遠絕對不會說不。

為了保護我們自己，我們盡可能把他推到我們的生活最遠的角落。我們不再和他一塊出門，不再和他一塊吃晚餐，不再跟他說話。我們回他電話，只有為了性愛才叫他來，在要他回家以前，進行三個小時、四個小時、五個小時。我們要求他隨傳隨到，我們像把玩溜溜球一樣，不停把他推開又拉回來：走，來，走，來。我們的其他朋友很久很久沒有我們的消息；工作是我們拉開距離小睡的地方。當他不在家時，我們互相盯著，筋疲力竭，同一齣褪色的色情電影在腦海中不停循環播放。

直到有一天，他不再立刻回覆我們訊息。起初拖延了五分鐘，然後是一個小時，最後是：**抱歉，我不確定我今晚能不能做這個，我現在覺得非常困惑。**

於是，我們失去了它，我們失去了我們操他媽的東西。我們在公寓狂奔、哭泣、打碎玻璃、尖聲大喊**他在想什麼他他媽的不能這樣對我們**。我們回不到過去了，回不到我們兩人在臥室平淡無奇的性愛，沒有人旁觀，沒有東西可以啃咬撕扯，只有彼此。我們陷入一種狂怒狀態，打了二十通電話給他，但他不接。我們最後決定了：不，不能接受，我們要過去，他躲不開我們的，我們要搞清楚究竟發生了什麼。我們非常憤怒，但憤怒中夾著一種熱鬧的興奮感，一種簡直是要去狩獵的快感，感覺知道某種爆炸性、不可挽回的事即將要發生了。

我們看到他的車停在他那棟樓前面，他房間的燈亮著。我們從街上再給他打了電話，但他還是沒接。從我們互相幫忙澆花收信的那時候起，我們就擁有他家的備用鑰匙，所以我們就自己開門進去了。

他們就在那裡，在臥房裡，我朋友和那個機車的女孩。他們沒穿衣服，他在她的上面，一下接一下地抽送。在我們體驗過了這一切後，那幅畫面看起來單純得荒唐，因此我們的第一個反應是大笑。

她比他更早看到我們，吃了一驚，低聲發出尖叫。

他翻了個身，張開嘴，但沒有發出聲音。他露出的驚恐表情稍微安慰了我們，但那只是大火中的一滴水。女朋友連忙遮掩身體，震驚可憐的顫音化為滔滔不絕的指控。你們究竟在做什麼，她尖叫起來，搞什麼，你們到這裡做什麼，你們兩個他媽的變態，他全告訴我了，你們幹的好事，亂七八糟，他媽的給我出去，你們不屬於這裡，你們這兩個變態，走開，走開，走開。

閉嘴，我們說。但她不理我們。

拜託，我們的朋友求她，拜託，別說了，我不能思考，求求妳。

但她不肯停，她不停地說著，說他，說我們，說發生的每一件事。即使他在對我們講她的時候，他也在對她講我們，她現在什麼都知道，連我們都羞於互相啟齒的事都知道。我們以為我們暴露出他的每一個部分，但他一直在對我們說謊，始終瞞著我們，到頭來，暴露出來的是我們。

讓她停下來，我們尖聲說，感到一陣恐懼湧上心頭；讓她別再說了，叫她閉嘴，快讓她閉嘴。我們握緊拳頭，低頭瞪他，他顫抖著，眼睛泛起淚光。接著，吞噬我們的怒火往外燃燒，咔嗒一聲，有件事變得清楚起來了。

讓她別說了，我們又說了一遍——他照做了。

他用全部的重量壓在她的身上，他們扭打掙扎，抓來抓去，到最後床鋪開始震動，床頭燈在小桌上搖搖欲墜。接著，他們穩定下來，達到一個平衡，他的胸膛壓著她的後背，他的手臂勾住她的脖子，她的臉埋入了床墊。

好，我們說，現在，繼續吧，繼續吧，繼續做你們原本在做的事。別讓我們打斷你們，你想要這樣對吧？你知道你想要這樣，所以繼續，把它做完，完成你已經開始的事吧。

他嚥下口水，低頭看著下方的機車女孩。她停止掙扎，不動了，頭髮像一團亂蓬蓬的金色鳥窩。

請不要逼我，他說。

終於只剩殘喘的抵抗力量。但終歸還是掃興的，因為他是那麼的可憐，躺在那裡，那樣的渺小，而我們卻填滿了整個世界。找到了，知道我們可以弄垮它，搞垮他，我們可以一走了之——但我們沒有。我們留下來，他照我們說的去做。沒多久機車女孩的皮膚就像羊皮紙一樣蒼白，只有大腿上出現斑斑駁駁的瘀傷印記。除非是他移動她，否則她一動也不動。她手上綁緊的結鬆了，蒼白的手指展開了，他繼續做下去。房間暗下來，光線又進來了，空氣中瀰漫著氣味，我們讓他繼續，他照我們說的去做。當我們叫他停下來時，她的藍色眼眸猶如冷冰冰的大理石，乾燥的嘴唇在牙齒上方翻起。他從她的身上滾下來，發出呻吟，想要離開她，離開我們。但我們把手放在他的肩膀上，撫平他汗溼的頭髮，拭去他臉頰的淚水。我們吻了他，讓他的手臂抱住她，將他的臉貼在她的臉上。小壞蛋，我們離開他時輕聲說。

看看你幹了什麼。

看著妳的遊戲，女孩

Look at Your Game, Girl

一九九三年九月，潔西卡十二歲——曼森連續殺人案發生的二十四年後，希勒．斯洛伐克吸食過量海洛英喪命的五年後，科特．柯本對自己的腦袋開槍的七個月後，一個持刀男子在加州佩塔盧馬的過夜派對綁架走波莉．克拉斯的三週前。

潔西卡一家從聖荷西搬到了聖羅莎。在聖荷西，她是最受歡迎的六年級女生，在聖羅莎，她不安地周旋於幾群朋友之間：那些最受歡迎的朋友，他們冷落她；那些樂隊裡的朋友，他們人很好，但很無聊；那些她私下認為是壞朋友的朋友，他們最迷人，但也最惡毒，他們的笑話像釘子一樣扎進她的皮膚。跟邪惡的朋友一塊的時光充滿陣陣的刺激，但和他們相處很快就會讓她覺得又累又痛，她不得不躲入樂隊朋友的安慰中休養。

潔西卡家住在洛米塔高地一間明亮的黃色維多利亞建築。每天她練習完草地曲棍球回家後，就把作業通通倒到床上，把背包裝滿隨身聽、黑色ＣＤ收納夾、圖書館借來的書、點心（一顆蘋果及三片乳酪）。接著，她從家跑過三條馬路，到滑板客遊蕩的公園。到了公園，她坐到旋轉溜滑梯的底部，挑選她想聽的音樂和想看的書。她有十七張ＣＤ，但她只聽三張：《血糖性魅》、《運用你的幻想Ｉ》和《從不介意》。書大多是科幻區的破舊平裝書，描述男孩如何成長，獲得力量。

公園的滑板客都比她大，大概十三或十四歲吧，他們互相嚷嚷，踏著滑板，從水泥欄杆滑下來，發出可怕的摩擦聲。有時他們拉起襯衫擦臉上的汗，露出閃閃發光的褐色平坦肚子。每隔一段時間，就會有個滑板卡在欄杆上，人往前飛出，手和膝蓋在人行道上留下四條鮮紅色的痕跡。他們誰也沒跟她說過話，她看他們，聽音樂，假裝讀書，一個小時後回家。

◆

第一次看到他時，她正在拆開一張「槍與玫瑰」的新CD。她已經用指甲劃開玻璃紙，正準備咬開塑膠包材時，發覺他在遊樂場的另一頭盯著她。她以為他也是玩滑板的，身高跟他們差不多，同樣瘦削滑溜的體格，不過頭髮較長，留過了肩膀。他往一旁移動，不再是傍晚陽光下的剪影後，她才發現他起碼二十多歲了——是個年輕但已經成熟的男人。他見到她看著他，眨了眨眼睛，拇指和食指像槍一樣對準她，然後開了一槍。

三天後，她正聽著新專輯時，男人不知打哪裡冒了出來，在她溜滑梯前的礫石上盤腿坐了下來。「嘿，小妹妹，」他說，「妳在聽什麼？」

她驚訝得說不出話，便打開CD隨身聽，給他看了那張CD。

「哦，對，妳喜歡他？」

他應該說：**妳喜歡他們**，因為「槍與玫瑰」是樂團，不是一個歌手，但她點點頭。

男人的眼睛是藍色的，扁扁平平，一笑就消失在臉的皺褶中。「欸，」他說，「我就知道。」

他說話的語氣讓她覺得也許他是真的知道——不是她對樂隊的看法，而是她對主唱艾克索爾的看法：破T恤貼在他肩頭的樣子，他那如絲般的紅金色頭髮。

「他聲音很好聽。」她說。

男人皺起眉頭，想了想。「他聲音的確很好聽，」他說。然後他問：「專輯好聽嗎？」

「還好，」她說，「主要是翻唱別人的歌。」

「妳認為那樣不好？」

她聳了聳肩膀。他好像在等她再說別的，但她沒有什麼好補充的。她張開口，想說**你跟我說話不會年紀太大了嗎？**或者**你不知道這地方是給小孩玩的嗎？**一類的話，卻聽見自己說：「裡面有一首隱藏曲目。」

他揚起眉毛。「哦，真的？」

「嗯。」

她等著他詢問能不能聽一聽，甚至問一問什麼是隱藏曲目，但他沒問，只是一直坐在那裡，那樣子讓她感覺自己很傻。她把耳機戴回去，跳到最後一首，快轉無聲的段落，直到聲音再次響起。她表示要借他耳機，他點了點頭。她遞過去時，他的指尖碰到了她的指尖，她立刻把手收回，像是觸電一樣。他給了她一個淡淡的悲傷笑容。他牢牢戴上耳機，耳機消失在他的亂髮中。

「準備好了嗎？」她問。

「來吧。」

她按下播放鍵。他閉上眼睛，兩手托住耳機，開始搖晃起來。他舔了舔嘴脣，嘴脣無聲地微微動著，手指在空中移動，好像正在按壓吉他琴頸上的和弦。他這麼熱烈投入音樂，教人好尷尬。過了一會兒，她發現自己無法看著他的臉，便看著他的腳。他光著腳，腳趾之間柔軟的空間結了一層汙垢，腳趾甲又黃又長。

歌曲播完後，他把耳機還給她，輕敲了她的隨身聽兩下，說：「我比較喜歡原版的。」

「專輯文案上沒有提到。」她承認。

「這麼說你從來沒聽過？那首歌的原版？」

她搖搖頭。

「哦，小妹妹，」他拖長音調說，「哦，小妹妹，妳錯過了。」

她開始收拾東西。

「不要生氣。」他說。

「我沒有生氣。」

「我覺得妳生氣了，我覺得妳在生我的氣。」

「我沒有，我得走了。」

「走，走吧。」他對她揮揮手。「對不起，惹妳生氣了，我會補償妳，我保證，下次見到妳，我帶一件禮物給你。」

「我不想要禮物。」

「這個妳會想要的。」他說。

◆

她那星期後來都沒有再見到他。週末時，她去惡毒朋友寇特妮家，頭一次喝到刺喉的伏特加調柳橙汁。她喝下三大口，喝完覺得四肢沉重到難以忍受的地步。下一個星期三，他又出現了，手裡拿著一樣東西。

「我帶了那個禮物給妳。」他說。

「我不想要。」

他的腦袋上下快速擺動，好像她的粗魯讓他開心一樣。他把手掌往外翻，讓她看他拿著一捲錄音帶，隔著透明的塑膠盒，她看到了濃黑墨水的手寫目錄。

「那個我沒辦法聽，」她說，「我沒有錄音機。」

「這裡沒有，」他說，「但也許家裡有。」

「家裡也沒有。」

「那我拿一架來給妳。」

他的襯衫比她上次見到他的時候更髒，他草率把頭髮往後梳成一條馬尾，用破爛的鞋帶綁起。她好奇他哪裡弄來的鞋帶，因為他沒穿鞋，也許是遊民。

「不要那樣，」她說，「不要拿任何東西來給我。」

他笑了，他眼睛非常非常的藍。「我明天拿來給妳。」他說。

◆

她想留在家裡，但轉念一想，我為什麼要待在家裡，那也是我的公園。此外，公園白天很多人，他要是想幹什麼，她可以大喊救命，滑板客都會來救她。她不認為他會想幹什麼，不會的。所以，她去了，在溜滑梯待到將近六點半，他卻沒有出現。

◆

過了一個星期，他才又來找她。「對不起，」他說，「我跟妳說過我會給妳找一架錄音機來，沒想到花這麼久才找到。」他拿著一個破破爛爛的黃色卡式隨身聽，看上去像是從垃圾堆中撈出來的，大部分的橡膠按鈕不見了，底部角上還沾著紅紅黏黏的東西。

「我不想用那個聽音樂，」她說，「好噁。」

他在她的溜滑梯前坐下來，「我需要借用妳的耳機，」他說，「我找不到耳機。」

「你是誰？」她問，「你為什麼跟我說話？」

他咧嘴一笑，牙齒又整齊又潔白。「**妳**是誰？」他問，「妳為什麼跟**我**說話？」

她翻了個白眼。她的耳機就在大腿上，他拿起線插進卡式隨身聽，又從口袋拿出上星期潔西卡不肯從他手中收下的錄音帶，打開隨身聽把錄音帶插進去。

「準備好了沒？」他問。

「沒，」她說，「跟你說過了，我不想聽你無聊的錄音帶。」

「想，妳想的，」他說，「妳只是還不知道。」他伸出手把耳機放到她的耳朵上，她聞到他的體味，混合了香菸味、汗水和發酸的口氣。她正要摘下耳機時，聽到一陣枯燥的劈里啪啦，像是錄音開始前的噪音，接著一個男人的歌聲響起，伴隨著粗糙的民謠吉他撥弦聲。男人的歌聲高亢憂鬱，只是有點走調，讓她想起喝下伏特加的感覺，彷彿整顆星球壓在身上，她無法起身。

歌曲結束後，她扯下耳機，讓它掛在脖子上。

「那是你嗎？」她問，「是你唱的嗎？」

男人看上去很高興，「小妹妹，那不是我，是查爾斯。」

「誰？」

「查爾斯，查爾斯．曼森，你不知道查爾斯？」

「他是歌手？」

「以前是，在他殺死很多很多人以前，在班尼迪克特峽谷那裡。」

她生氣地瞪他，「你想嚇我嗎？」

「絕對沒有，」他說。他把雙手放在她的肩上，「查爾斯是一個歌手，有機會成為明星，女孩子都好崇拜他。她們愛他勝過你愛艾克索爾，他同樣也愛她們。他到哪裡，她們就跟到哪裡，瑪莉、蘇珊、琳達等人。但她們後來殺了那個女人和她的孩子，還有其他很多的人。他現在被關起來，她們也被關起來了，整個家族分散開來，不過他們對彼此的愛從未停止過，一分鐘也沒有，一天也沒有，這就是那些歌曲想要傳達的全部理念。」

「真是亂七八糟。」她一面說，一面扭身遠離他。「我不知道你在說什麼，但我想你應該離開這裡。」

「可是妳喜歡那首歌，」他說。他聲音變得像孩子一樣，幾乎是在懇求。「我知道妳會喜歡，才帶來給妳。」

「我不知道是殺人犯唱的！」

「對不起，」他說，「妳是對的，我不應告訴妳查爾斯的事，我保證，我不是故意要嚇妳的。」

她看著他，一臉迷惑。她看出他的手臂曬得很黑，而且很結實，長著濃密的黑色捲毛，但他的眼睫毛卻是另一種顏色——紅金色，和艾克索爾的一樣。

「錄音帶妳想借的話可以借。」他一面說，一面站起來準備要走。「把全部的歌聽一聽，我認為〈看著妳的遊戲，女孩〉最好，但我也喜歡〈停止存在〉，還有〈病態都市〉。也許妳會同意我的看法，也許不會，那也沒關係，所有的歌都很棒，真的。」他打開錄音機，把錄音帶放回盒子，然後交給她。他盯著地面，好像不好意思看著她的臉。

她收下錄音帶，放到袋子裡。「謝謝。」她說。

「妳會聽嗎？」

「當然會。」

「太好了！也許妳能在什麼地方找到錄音機，可以的話，這一個我是願意給妳，但我不行，對不起。」

「沒關係，我會想辦法。」

她以為他就要走了，他卻蹲在她的身邊，雙手捧起她的臉。他的手又大又溫暖，讓她的臉感覺很小，好像洋娃娃的臉。她以為他要親她，他卻是用大拇指撫摸她的嘴，她張開嘴唇，他的大拇指從嘴唇之間滑進去。她感覺他凸起的粗糙指紋貼在她的舌頭上，嚐到他指甲底下辛辣的汙垢。他說：「當然，妳一定要還我，我是說錄音帶，妳會還我的，對吧？妳保證？」

他的手讓她的回答變得模糊不清。

「什麼時候？」他問，「今晚？」

她搖搖頭。他抽出大拇指，她看到她的口水在上面閃閃發光。「我不行，」她喘著氣說，「我今天晚上不行。」

「為什麼不行？」

「我朋友——我朋友舉辦過夜派對，我必須去。」

他笑了，好像這是他聽過最好笑的事。「我才不管妳的朋友，」他說，「聽了錄音帶後在這裡見，告訴我妳最喜歡哪一首。」

「我跟你說了，我不行！」

「哦，小妹妹，」他說。他撥亂她的頭髮。「妳當然可以，我們約十點鐘好嗎？還是不行，那半夜十二點？」

「我不會半夜十二點來這裡，我才十二歲！你瘋了？」

「那就半夜十二點囉。」他一面說，一面撫弄她的下巴。「回頭見。」

◆

當然，她才不會半夜十二點出去，到公園跟某個髒兮兮的陌生人見面。這一整個想法很蠢，連想起這件事都很蠢。她無法停止把他想成查爾斯，儘管知道那並不是他的名字。她不停想起查爾斯的拇指，想到骨頭多麼明顯，又多麼骯髒，想到他的指甲刮過她喉嚨和上顎交會的軟肉。她不停跑進浴室，張大嘴巴，確定她沒有流血。她應該咬他的，她應該把他可怕的大拇指從手上咬下來，那麼他就會大叫一聲，立刻把手從她嘴裡抽出來，剩下一截血淋淋的斷指在遊樂場到處噴血。

當然，她才不會半夜十二點到公園見這個可怕恐怖的查爾斯。但當她的樂隊朋友打電話給她，叫她帶著她的《熱舞十七》去過夜時，她說她不能去了，因為她肚子疼。一想到樂隊朋友咯咯笑，摟著她們的泰迪熊，玩「輕如羽僵如木」的超自然懸浮遊戲，就讓她想要踢人。但她後來又想也許應該去過夜，因為看到爸媽和弟弟圍坐在廚房餐桌旁吃千層麵，她更加生氣了。

「媽媽、爸爸，」她說，「我只是覺得很好奇，你們有誰聽過查爾斯．曼森嗎？」

爸媽知道查爾斯．曼森，但不想在餐桌上談他的事。潔西卡想給寇特妮和雪儂打個電話，看看她們想做什麼，但又猜想她們想溜去外面抽菸，而她最不想去的地方就是深夜在外頭，查爾斯可能會找到她。她大概最好就是待在家吧，這對她是最安全的地方，因為查爾斯不知道她住在哪裡，就算他曾經尾隨她回家——他幾乎肯定是沒有這麼做過——他們搬來時，爸爸裝了十二萬分安全的保全系統，更別提他們家的狗波斯科，牠是德國牧羊犬混血，只要是牠小時候沒見過的人，牠都不喜歡。她是安全的，她不會有事的，她絕對不可能半夜十二點出門去公園見查爾斯，她絕對沒有問題。

◆

晚餐後，媽媽放了一部電影。當鐘聲敲響十點時，潔西卡想起了第一次見到查爾斯的情形，她以為他是玩滑板的，他問了她關於「槍與玫瑰」的那些問題，還有他是多麼地喜歡那音樂。她想起他隨著她替他播放的音樂搖擺，將她的耳機牢牢貼在耳朵上。還有，他第一次碰她的臉龐時，她在那幾秒鐘的感受。還有，他的眼睛是那麼那麼的藍。她想起了錄音帶，還在袋子底部，不知道如果他來找她會要發生什麼事。她心想，如果去公園把他的錄音帶還給他，告訴他她最喜歡什麼歌，讓他帶她去任何他想去的地方，不知道會發生什麼事。

◆

電影還沒結束，媽媽、爸爸和弟弟就在沙發上睡著了。這種事在她家的電影之夜常常發生，通常會讓她超生氣的，但今晚她覺得她可能會哭。她看著媽媽，她可笑的羽毛剪讓她看起來像一隻嚇壞的老鳥。爸爸打呼的鼾聲穿過了鬍子。弟弟穿著忍者龜睡衣。如果他們知道有個模樣齷齪的人來接近她，那傢伙把髒兮兮的大拇指塞進她的嘴裡，還認為曼森連續殺人案是有史以來最好的事，他們會怎麼想呢？

爸爸媽媽會非常擔心，他們會**非常害怕**。這個想法讓她覺得自己很勇敢，當電影結束時，她沒有叫他們起來去睡覺，反而是回到自己的房間，抱了枕頭毛毯回到沙發上。她不停地看看爸爸、媽媽和弟弟，直到午夜十二點安全過去了，鐘聲終於敲完，她把毯子拉到下巴，在反覆的自言自語中結束了守夜：**去你的，查爾斯，去你的，去你的，去你的**。

◆

第二天晚上全家看新聞時，播出了第一則報導。一名與潔西卡年紀相當、與潔西卡有同樣頭髮和雀斑的小女孩，在過夜派對上，遭到一個男人持刀挾持離開臥室。通緝海報上的男人的臉熟悉得教人膽寒。

花了近一個小時的工夫，潔西卡的父母才從她嘴中問出了故事，從她歇斯底里哭訴著艾克索爾·羅斯和查爾斯·曼森的事中，理出了相關的細節。不過他們最後明白了她想告訴他們有關**男人**、**公園**和**過夜派對**的事，他們報了警。又花了兩個小時，他們的電話才接到警局某個人手中，因為波莉的綁架案很快成了索諾瑪郡所發生過最令人髮指的罪行，瘋子、惡作劇民眾、記者與靈媒的電話如洪水般湧來。

◆

四十八個小時後，兩名女警上門來找潔西卡。從談話中，警方所得知的事包括：潔西卡不知道流浪漢的名字，他給了她一捲錄音帶，他用髒手碰過那捲帶子，他把帶子放在盒子，盒子還在她書包的最下面。她們返回警車，拿來了白色橡膠手套、鑷子和取證袋，從她那裡帶走了錄音帶，嚴肅地謝謝她，告訴她的父母她們很快會再聯絡。

◆

幾個月過去了。在這段期間，有四千多人走過索諾瑪郡的每一寸土地，呼喚波莉的名字，加州的每一面牆、每一棵樹、每一根電線杆上，都貼有一張波莉穿著校服的黑白照片。有一陣子，似乎全國每個人都能談論波莉出了什麼事，潔西卡相信警方很快會回來證實她的罪責，向全世界公布她就是第一個與綁匪不期而遇的女孩，所以招來了惡魔。但當警方終於在一〇一號公路旁的淺墳中找到波莉時，發現殺害她的其實是一個老人，他在海報上看起來和查爾斯很像，那只是想像力或光線的惡作劇。

近一年後，一只淺黃色信封寄到潔西卡的家中，回信地址是佩塔盧馬警察局。潔西卡相信信封裝著查爾斯給她的錄音帶，但她還沒來得及看，爸爸媽媽就把信封拿走了，她再也沒見過錄音帶，也沒見過那封信。

滿十四歲後，潔西卡明白自己錯了，查爾斯並沒有因為追她不成而改以波莉取代她，兩起事件的發生時間完全是巧合。儘管如此，在剩餘的童年歲月中，她仍然繼續相信波莉的遭遇與她的遭遇之間一定有某種關聯——如果不是實際的事實，肯定也有某種在事物表面底下深深流動的引力在起作用。

◆

離家上大學後，潔西卡開始相信，當下把自己的經歷與波莉的經歷連接的衝動，是一種幼稚的自我陶醉，是一種將自己視為宇宙萬物環繞中心的衝動。後來潔西卡是這麼想的，殺害波莉的男人是一顆超新星，擁有龐大驚人的破壞力量，查爾斯則是一顆無足輕重的矮星，從她年幼時所站的位置來看，小而近的星星與大而遠的星星很可能在同一時間顯得同樣明亮——但那只是幻覺罷了。

最後，潔西卡告訴自己，她逃過一劫，畢竟查理對她造成的唯一傷害是喉嚨後方的小刮傷，那傷可能是她想像的，也可能不是。與波莉的遭遇相比——與宇宙所發生的無數壞事相比——她與邪惡的接觸只是一星微弱的光，在更明亮的星星所構成的旋轉星座背景之下，幾乎是看不見的。

然而，結婚了，有自己的孩子了，搬到離加州很遠的地方了，也已經過了很久很久了，潔西卡在半夜十二點以前仍然不易入眠。當她的雙胞胎女兒祥靜地睡在隔壁的臥房時，她會立在窗前，凝視著外面浩瀚、可怕、光芒刺穿的夜晚，發現自己好奇著查爾斯是否還在公園等待她的到來。

沙丁魚罐頭

Sardines

這是**那件事**後瑪拉首度和媽媽們一起喝酒的下午。蒂妮在外頭和其他的小女生玩耍，所有傷痛似乎已經都遺忘了。但瑪拉正靠著梅洛紅酒撫平她的怨憤，她可以感覺到它——她的憤懣——正在抓撓她，它就卡在胸腔兩半的接合處。

「我們**好**高興今天下午妳和蒂妮來了。」卡蘿說。她雙手捧著那個條染酒杯，貼著肉剪的指甲又短又粗。

「我很想妳們大家，」瑪拉說，「真的。」

「哦，當然，那是當然的，」眼睛溼潤泛紅的芭布斯說，「但我們都明白妳為什麼必須休息。」

在沉默的片刻中，她們大家傷心承認**那件事**的嚴重性。

「老天，那些可惡的**騷貨**，」凱西亞最後驚呼了起來，「我發誓，如果我不是把蜜琪跟籃球一樣大的頭從我自己的屄擠出來，我一定為這個賤屄貨對蒂妮所做的事殺了她。」她對著卡蘿揮了揮酒杯，卡蘿的女兒是收養的。「無意冒犯。」

「重點是，我們真的為妳感到很難過。」芭布斯一面說，一面用寬鬆的亞麻袖子擦眼淚。「我做惡夢夢到了，我們都做了惡夢。」

「妳們真好。」瑪拉說。她也被一個反覆出現的夢所困擾——蒂妮在一片黃色田野中，她一面旋轉，一面抽泣，還扯著頭髮。瑪拉自己沒有出現在夢中；她只是一個攝影機，把鏡頭拉回，展現出一片廣闊的虛無：田野，鄉村，大陸，除了蒂妮以外什麼都沒有的星球，孤獨一人，孤獨一人，孤獨一人。

「親愛的，妳這陣子好不好？」卡蘿問。

問得好，答案是：不大好。**那件事**發生後的混亂中，勸說、爭論、大吼和搖晃都無法讓蒂妮從大哭中緩過神來，卡蘿——主張和平主義、持有大麻醫療處方箋的大地之母卡蘿——給了蒂妮一記耳光，那一巴掌的力道讓蒂妮的眼鏡從鼻子上彈起。瑪拉從來沒打過女兒，甚至連這個念頭也沒有過，她立刻用一隻手摀住嘴，忍住竊笑。為人父母不可能預想到某些比較混亂的場面，除非是恰好碰上了。在某些情況下，有人摑了你女兒耳光，你以瘋狂的笑聲回應——這個場面證實了是那張清單上討厭的新項目。

「蒂妮看起來還好，這才是最重要的。」瑪拉說話時，才意識到自己一直茫然盯著眼前。「如果她能承受，我也應該可以，妳們懂吧？」

「小孩恢復能力很強。」芭布斯說。所有女人上上下下點著頭。胡扯，瑪拉心想，也許有些小孩恢復能力是很強，但通通都是嗎？蒂妮的恢復能力強嗎？恢復能力——擺脫痛苦的能力——是一件瑪拉自己隨著時間斷斷續續培養卻沒有培養完全的東西，即使是現在，她童年的瑣碎痛苦仍舊記憶猶新。

「我想她終究還是堅強起來了，我是說妳的小魔女，」凱西亞說，「蜜琪說他們兩個已經開始在公車上玩什麼遊戲了。」

瑪拉屈服於過去十分鐘一直抵抗的誘惑，偷偷看了一眼窗外女孩聚集的地方，她們在陽光下互相依偎坐著，圓點髮帶、蕾絲花邊襪和發亮的頭髮如同一團糾結的粉彩。「我想她們沒有在公車上玩遊戲吧？」瑪拉說，「她們只是計畫？還是聊聊？我不知道細節，那是蒂妮去她爸爸家學會的。」

「妳講得好像那是性病一樣！」芭布斯說。就在每個人想到這個笑話中比較噁心的暗示時，草坪上輕柔的動作此起彼落。

「啊，」瑪拉說，「我想他們開始了。」

她不知不覺走到窗前，把酒杯嘩啦嘩啦放到空水槽中。五點多了，傍晚的空氣變得甜蜜、金黃而緩慢。在新修剪過的草坪上，所有女孩都站起身，拂去膝蓋和雙手上的青草。

◆

「我很難過妳認為我是小笨蛋，蒂寶貝，」瑪拉說，「但妳是不是能用另一個方式來解釋呢？妳說捉迷藏的相反到底是什麼意思？」

從汽車的照後鏡，瑪拉看到蒂妮痛苦地扭動四肢，好像一隻被電逼著跳舞的青蛙。「我不知道還能說什麼！跟捉迷藏一樣！但是相反的！妳知道嗎？」

瑪拉咬著牙，從五開始倒數。「不知道，我不知道，小乖乖，妳是說沒有人躲起來嗎？還是妳不去找他們？」

「**拜託**，不要再逼我解釋了，拜託！」蒂妮竟然沮喪得開始拔頭髮：她把兩撮濃密的頭髮繞在手指上，從頭的兩側像翅膀一樣狠狠往外拉。扯毛辮，她們的治療師給這種行為貼上標籤，還指示瑪拉不要為這件事大驚小怪，而是要用溫和的方式將她引導到其他的方向。

「好吧，」她說，「下個月就是妳的生日了！開心嗎？」

「我想在爸爸家辦慶生會。」蒂妮說。她開始有一搭沒一搭踢著瑪拉的椅背。

「我再看看我們能怎麼做吧，寶貝女兒。」瑪拉一面對她說，一面踩下油門，衝過黃燈。

◆

蒂妮有秘密。

瑪拉在腦中細數證據：蒂妮泥褐色的眼睛閃著魚眼一樣的呆滯光澤，她笑得很輕浮，每次只要瑪拉問她某一個遊戲時，她不是滔滔不絕，就是頑固地不說話。

瑪拉不是唯一起了疑心的人；所有母親都團結起來，厭惡女兒的新行為。遊戲讓所有女孩不停發訊息、傳紙條和使用即時通訊，陷在一個緊密的網絡中。「有什麼事可以講個不停的？」芭布斯在電話中問瑪拉，這似乎是一個蠢問題，因為根據瑪拉的經驗，十歲女孩可以無止盡地談論任何事，講不完的。但瑪拉也發現自己難以理解遊戲所激起的狂熱。

媽媽們集體辦案，查出了遊戲的名稱（沙丁魚罐頭）與大略的規則——就她們來看，規則是無害的。但蒂妮最近的行為讓瑪拉不停想起一件事：在女兒發現了在家用電腦的瀏覽器中輸入ㄋㄟㄋㄟ會怎樣的那一週，她放學後就熱切地鑽回她的窩裡，瑪拉問她在上頭做什麼，她總是用蜜糖般的顫音說：「啊，沒什麼！」

瑪拉寧可責怪其他女孩——小狐群狗黨，她們這些人——但蒂妮自己其實似乎才是主謀。這說來也很奇怪，因為蒂妮向來有點受到排斥，不是被找碴，就是被冷落。雖然其他媽媽們很有禮貌，沒有這麼說，但這個遊戲大部分令人厭惡的感覺，來自它顯然把蒂妮從社交階級底層解救出來的能力。這是反常的，一天晚上瑪拉在快睡著前迷迷糊糊想著。

有件**反常**的事正在發生。

◆

蒂妮的爸爸同意主辦慶生會，也就是說他同意在他的房子辦，前提是瑪拉要負責組織和規劃。瑪拉要求他讓他的同居女友那個下午離開派對場地，但他**沒有**同意，因此，為了滿足蒂妮的生日願望，瑪拉只好連續四個小時分送派對禮物，而在一旁的是她發現她丈夫在家裡客廳沙發上搞的那個二十三歲女人。

這是不是讓瑪拉有點緊張？這是不是讓她對蒂妮徹底拒絕暗示慶生會上，除了玩沙丁魚罐頭以外還想做什麼有點不耐？

蒂妮，妳慶生會想要怎樣的蛋糕？巧克力？草莓？彩色巧克力米？

隨便。

除了住在附近的女孩，有沒有特別想邀請的人？

沒有。

我們今年應該有個主題？也許海盜？還是小丑？

不要，聽起來好無聊。

我們該玩什麼遊戲？

唉，沙丁魚罐頭啦。

好吧，沒問題，還有呢？想要玩搶糖遊戲嗎？尋寶遊戲？奪旗遊戲？

媽媽，可以拜託妳別這麼笨嗎，我說了要玩沙丁魚罐頭。

啊，的確讓瑪拉不大高興，事實上，就是讓她不高興。

◆

其他的媽媽們通通都要來參加慶生會。一開始瑪拉覺得很高興得到了她們的支持，她的軍隊人數將會超越敵軍！她不必獨自深入虎穴！但在蒂妮生日那天早上，瑪拉可憐兮兮地躺在床上，希望她沒有邀請她們任何一個人來。

史蒂夫和他的小女友被她捉姦在床之後，瑪拉擬了幾十個報復計畫——把女友臥室抽屜的潤滑油換成強力膠，把她綁起來，在她臉上刺上**蕩婦**兩個字。但是，不知道怎麼，她無所畏忌的憤怒一天一天、一點一點地減少了，少到她鎮日掛著緊繃的笑容，抑制自己的憤怒，而她的勁敵則是無所畏懼地走來走去——沒有蒙羞，沒有黏到強力膠，也沒有多了刺青。瑪拉怎麼會讓這種事發生呢？她怎麼能夠乖乖屈服於失敗呢？

手機鬧鐘的貪睡鈴響起，瑪拉把它塞到枕頭底下讓它住口。一分鐘後，蒂妮跳進臥房，穿著亮粉色的生日禮服，宛如一隻洋洋得意的紅鶴。

「媽媽！」她甜甜地說，「媽媽，你這個貪睡蟲！我**告訴**妳，我想要生日鬆餅！妳忘了嗎？」

◆

第一次把蒂妮送去史蒂夫的新家時，瑪拉覺得很不舒服：那棟布局零亂的殖民時代建築，是只有計畫有一天讓裡面住滿小孩子才會買的那種房子。但她必須承認，那是舉辦慶生會的理想地點——挑高的天花板，到處是有趣的小房間，四周有光滑翠綠的草坪，草坪順著山坡蔓延到一片灌木叢生的凌亂樹林。她把車停好，打開後車箱，拿出一袋一袋的慶生會用品，蒂妮則沿著車道向她的爸爸蹦蹦跳跳跑去。

瑪拉這日的生存計畫包括假裝女朋友完全不存在，為了避免提到她的名字，她會使用精巧的對話技巧，絕對不直接看女朋友，而是將目光稍微轉向她臉龐的左側。（她口袋中也放了一小條強力膠，強力膠的濃稠度與史蒂夫愛用的加味潤滑油非常接近，她大概是不會用上，百分之九十九不會，卻還是帶來了。）瑪拉負責所有的布置工作，蒂妮不大認真地想把生日橫幅掛在門口之後，就消失到樹林裡去了，直到第一批客人抵達才回來，她白色褲襪的小腿肚已經濺到了泥濘。

◆

在壽星的堅持下，大家先拆禮物。蒂妮盤腿坐在沙發上，機械似地在禮物堆中翻找，將閃亮亮的紙一把一把撕開，再把每一個玩具拋到腳邊堆成小山。瑪拉提醒她：「說謝謝，蒂妮。」蒂妮以單調刺耳的聲音重複：「謝謝，蒂妮。」

接下來上場的是蛋糕和冰淇淋。前一晚，瑪拉太急著躲進紅酒和Netflix所提供的臨時避難所，沒有等用鄧肯海因斯蛋糕預拌粉做的蛋糕涼透，結果抹在蛋糕上的罐頭糖霜融化了，「蒂妮，生日快樂」那行藍色立體字成了難以辨識的髒汙。她拿起一把刀，想用平直的這一側把這行字改為藝術風格的大理石漩渦花紋，反而只讓一切變得更糟糕。

瑪拉在廚房低頭看著自己搞出的一團糟，有個人從後面走來，一雙指甲短短的手抱住她的腰。「嘿，親愛的，」卡蘿說，「那些原住民越來越焦躁了，妳還好嗎？」

「看看這個！」瑪拉喊著，差點用那沾滿了糖霜的奶油刀刺進卡蘿的眼睛。「一塌糊塗！」

「啊，沒有那麼糟糕。」卡蘿說完，頓了一下。「不可否認，是沒有那麼好，但蒂妮會勉強接受的。看，我來的路上順路去買了東西，」卡蘿說，「我恰好有預感。」她打開一個超大號的全食超市帆布袋，把一罐黑巧克力糖霜放在流理臺上。

瑪拉凝視著它，陷入更深的絕望之中，這他媽的是怎麼一回事？

「來。」卡蘿一面說，一面輕輕從瑪拉手中拿過刀子，把罐子打開。「我們可以就……好嗎？」

瑪拉點點頭。另一個房間傳來了蒂妮的尖叫聲：**不要碰那個！那是我的！**但她不能去處理那件事，還沒有辦法。

「我來。」她說著就把刀子從卡蘿手中奪回。「妳去看看他們在裡面鬧什麼好嗎？」

◆

再抹上一層糖霜後，瑪拉在蛋糕的外圍插上十一根一般的生日蠟燭，在中心──為了求好運──插入最後一根蠟燭，那是她在超市拍賣花車裡找到的新奇玩具。蠟燭的形狀是一個肥厚的黃色花蕾，當瑪拉拿打火機的火焰碰到花蕊時，蠟燭猛然綻放開來，同時開始旋轉。

「好！」她大喊，「蛋糕時間到了！」

她雙手捧著蛋糕盤，倒退走出廚房門。

◆

客人齊聚在餐桌邊，除了蒂妮以外，人人都戴著尖尖的生日帽，蒂妮的頭頂中央有一個銀色圓點蝴蝶結。瑪拉捧著蛋糕進來時，新奇蠟燭嘶嘶作響，像小煙火一樣迸出火星。蒂妮吃了一驚，雙手捧著臉頰，「好漂亮！」她大聲說。客人唱起生日快樂歌的頭幾句，新奇蠟燭這時也響起了陌生的曲調。大家一臉困惑停了下來，蠟燭則發出一連串的嘟嘟聲──滴嘟滴嘟滴嘟滴嘟──最後，凱西亞大吼一聲：「祝妳生日快樂！」大家才用聲音蓋過蠟燭，繼續將生日快樂歌唱完。

唱完歌後，蒂妮呼地一口氣吹熄了一般的蠟燭，噴出些許的唾沫。但不管她怎麼吹新奇蠟燭，它就是吹不熄，也不肯停止播放那教人火冒三丈的歌，所以，最後為了避免蛋糕沾滿了蒂妮的口水，瑪拉把蠟燭拿回廚房，放到水槽下沖水，澆熄了火焰，卻無法讓它閉嘴。她把它扔到地上，用腳去踩，但氣死人了，它還繼續唱歌。都把它塞到垃圾桶底下，她還能聽到它微弱又固執地叮鈴叮鈴響著——滴嘟滴嘟滴嘟**噠**！

◆

瑪拉回到餐廳時，蒂妮問：「媽媽，就算我沒有吹熄好運蠟燭，生日願望還是會實現嗎？」

「會的，」瑪拉說，「那東西只是垃圾。」

「太棒了，」蒂妮說。她用叉子把冰淇淋抹到蛋糕上，吃了一大口。「有件事妳想知道？」

「當然想，親愛的，」瑪拉心不在焉地說。史蒂夫正在對女朋友輕聲細語，讓她在他的膝蓋上彈啊跳啊，還撫摸她的捲髮。這兩個如果開始卿卿我我，瑪拉對天發誓，她會把蛋糕刀直接插入女朋友的喉嚨。

「我想你會喜歡我許下的願望，媽媽。」蒂妮吮掉指頭上的糖霜，開心地扭動身子，又說：「我許了一個**很壞心**的願望。」

◆

以下是沙丁魚罐頭的規則，在任何一本兒童遊戲書中都找得到：每個人都閉上眼睛，只有一個人例外，那就是躲藏者。每個人從一百開始倒數，躲藏者跑去躲起來。大家數完以後，第一個找到躲藏者的人跟他一塊躲起來，下一個找到躲藏者的人，跟另外兩人一塊躲起來，如此這般下去，最後除了一個人以外，所有人都擠進同一個藏身處，像沙丁魚罐頭一樣擠在一塊。

以下是蒂妮的生日特別規則：

蒂妮選擇誰當躲藏者。

不能躲在屋子裡。

每個人都得玩。

◆

蒂妮帶領客人到外頭，爬上草坪上的椅子，低頭看著大家。瑪拉覺得她表現出一個女王仁慈的傲慢。「那麼我要挑選躲藏者了。」她說。她舉起手指，讓它隨意移動，臉上露出做白日夢的表情，指頭朝著凱西亞、卡蘿和史蒂夫快速擺動，馬上又一晃往下降。

「妳，」她指著女朋友宣布，「妳是躲藏者，妳必須去躲起來。」

當蒂妮從一百開始倒數時，人人都低下了頭。瑪拉從半闔的眼皮看著女朋友呆若木雞，看上去很驚慌，一直到倒數到八十，她才飛奔衝下山坡。

「**三、二、一，我們來找囉！**」蒂妮尖聲說，所有人一哄而散。瑪拉躡手躡腳繞過門廊，確定沒有人在注意，就立刻從後門溜進屋子。抱歉，蒂寶貝，但她寧可死，也不想找到女朋友後必須跟她一塊窩在樹林某個髒兮兮的洞裡。（她也可以趁此機會做些偷偷摸摸的事，去找某個東西，做某種交換。嘿，只是個惡作劇，無傷大雅，只是嘗一點甜甜黏黏的報復滋味罷了。）

史蒂夫不愛喝葡萄酒，但女朋友一定愛喝，因為在探險過程中，瑪拉發現一個擺滿了兩美元葡萄酒的櫃子。她拿了一瓶白蘇維翁，本來想去找冰塊，但覺得自己太懶了，喝常溫的就好。一完成探險，她就踢掉鞋子，拿著剩餘的蛋糕，舒服地坐到沙發上。

酒喝到一半時，瑪拉抬頭一看，發現女兒就站在門口。蒂妮的雙臂沉重地垂在兩側，午後陽光從她的眼鏡上反射出來，眼鏡變得不透明，顯得好恐怖。

「天啊，蒂蒂，妳嚇到我了！」瑪拉喊著，「妳在那裡站多久了？」

「媽媽，妳在裡面做什麼？」蒂妮問，「妳沒有聽到我說每個人都必須玩嗎？」

「我聽到了，對不起，我馬上就去，我只是……需要休息一下。」

蒂妮拖著腳步走進房間，臉上露出恍惚的表情。她伸手纏住瑪拉的手，把潮溼的額頭貼在瑪拉的脖子上。「媽媽，」她說，「我在想啊，妳喜歡蕾拉、蜜琪和法蘭馨嗎？」

蒂妮冰冷的手指在瑪拉的掌心上繞著圈圈，瑪拉被這個感覺給催眠了，差一點脫口說：**她們是誰？**接著她回到了地球。「其實，蒂蒂，不大喜歡，我知道她們是妳的朋友，但我認為她們有點喜歡搞小圈圈。」

「什麼是**搞小圈圈**？」

「就是她們老是黏在一起，我覺得有點壞。」

「那她們的媽媽呢？妳喜歡她們嗎？」

瑪拉嘆了口氣，放開她的手，然後舔了舔拇指，把蒂妮下巴上的一層巧克力糖霜擦掉。「我不知道，她們很好，她們沒有什麼問題，但我現在一定要選擇的話，我會說我不喜歡。」

「那麼爸爸和——」

瑪拉還來不及開口，蒂妮就替她回答了，「我知道，妳恨他們，對吧？」

幾個月前，蒂妮長出了鼻根——史蒂夫的鼻根——把其他的五官都搞亂了。在她扯掉不少頭髮的髮際線上，油膩膩的粉刺星星點點冒了一片，脖子邊上也長出一顆肥大的褐色痣。到了下午三點左右，體香劑已經遮掩不住她的汗臭，就連瑪拉上週沒說任何原因就留在她床上的「男子運動用強效止汗劑」也沒用。一天當中，不管什麼時候，她的呼吸都會變得潮溼，有股肉味，瑪拉發現自己會不發一語搖下車窗。她的胸部似乎以兩種略微不同的速度長大，所以瑪拉給她買的成長內衣都不合身。蒂妮越是跌跌撞撞邁入可怕的青春期，就越是堅持要表現得像個嬰兒一樣，想重新找回她從未擁有過的可愛，令人抓狂、臉部老是抽筋又渴望著愛的蒂妮。親愛的蒂妮，儘管瑪拉用了最大的努力來保護她，有時似乎不只是命中注定，還自己決心要讓世界最鋒利的牙齒咬碎。

瑪拉知道她該說什麼樣的話——**當然沒有，寶貝**，或是**恨不是很好聽的話**，還是**我會永遠愛妳爸爸，因為他把妳給了我**。但所有必要的陳腔濫調都在她的舌頭上枯萎了。因此，她什麼也沒說，蒂妮點了點頭。「妳犯了很多錯，但妳還是一個好媽媽。」她說。她狠狠地抱了瑪拉一下，又在她耳朵上草率地親了一下，然後抓了一把蛋糕。

「蒂妮？」女兒離開房間時，瑪拉大聲喊。

「什麼事？」

「妳剛才許了什麼願？」

蒂妮黏著蛋糕的笑容發出可愛的閃光。「哦，媽媽，妳很快就知道了。」

就讓蒂妮搞她的陰謀吧，就讓瑪拉喝她的酒吧。妳來想像自己是女朋友，參加男朋友的女兒的慶生會，招待客人的是男朋友的女兒的母親，出席的是男朋友的女兒的母親的朋友，她們全大搖大擺走進你家，一心一意就要證明她們有多麼地討厭妳，而這是妳家啊！妳又不是要破壞聚會，妳住在這裡！那個母親不肯說妳的名字，也不肯直視妳。妳男朋友很尷尬，妳一碰他，他就扭著身體閃躲。那個女兒呢？用尖尖的手指戳妳的臉，**妳，妳當躲藏者**。這些話怎麼能不像指控一樣在妳耳邊迴響呢？當妳穿著笨重的平底鞋跑下山時，妳不禁覺得自己至少有那麼一點像是——被追捕的獵物？

躲得太好會延長妳的痛苦，只有遊戲結束，慶生會才會結束。但躲得太遜——躲在餐桌底下，蹲在妳看到的第一棵大樹後面——那妳就沒有好好飾演妳被分派到的角色，**妳是躲藏者，妳必須去躲起來**。太快被找到會讓蒂妮生氣，讓史蒂夫失望，給那一幫母親多了一個批判的理由。因此，妳離開了陽光明媚的草坪，步入黑暗的森林，讓低矮的灌木搔著妳的腳踝，隨光禿禿的荊棘勾住妳的裙子。

爬過一座小山丘再往下走，越過乾涸的小河床，通過樹林的缺口。妳找到了一圈高度足以保護妳的樹墩，只要縮起身體，把膝蓋抵著胸口。靜悄悄，只有鳥鳴，只有松針被踩碎與爛葉的味道。

這裡很平靜，妳告訴自己，聽著妳急促的呼吸慢慢緩和下來變得平順，幻想慶生會結束後妳要做什麼。

等待著被人找到。

◆

瑪拉閉上眼睛後睜開，當她睜開時，她醒來進入了一個夢。夢裡除了蒂妮以外，每個人都消失了，過了多少的時間了？一個鐘頭，一天，一個時代？很難說。現在是傍晚時分，她知道這一點，太陽在森林另一頭燃起紅紅的火焰，所有的影子都在狂奔，糾結的、最深的黑往四面八方延伸。

被光打亮的屋子窗戶像蒂妮的眼鏡一樣變成空白，生日橫幅從門上垂下，像伸出來的舌頭。瑪拉冒險走到外頭，在草坪和樹林的交界處，頭上綁著銀色緞帶的壽星站著——等待？——漂浮？

◆

沙丁魚罐頭是一個身體交疊的遊戲。手臂緊貼著臀骨，屁股撲通坐上大腿。一個人的頭髮卡在妳的齒縫間，另一個人的手指塞進妳的耳朵，誰的腿是誰的？那是誰放的屁？誰在**動**？誰在**講話**？不要再動來動去了！把妳的腳從我的褲襠移開！妳的鼻子離開我的胳肢窩！不要用手肘碰我的胸部，法蘭馨！我的手肘離妳討厭的胸部可遠的，妳這個蠢蛋，那是蕾拉的膝蓋骨。不，不是！閉嘴！噓，女孩們，蒂妮來了！啊，糟糕，我的手伸出去了。我們塞不下了！太擠了啦！不會，我們可以的，再靠緊一點，靠緊一點，靠緊一點，直到妳的每一個部分都碰到了別人的一部分。推，壓，塞，靠攏，再擠一擠。

◆

蒂妮在林間遊蕩，瑪拉跟在後面，厚厚的松針與柔軟的草木腐爛物降低了她的腳步聲。一隻像陰脣的女用粉紅拖鞋從灌木叢後跑出來；一個破氣球的橡膠碎片從樹枝上垂下來，上頭黏著一個胖胖的紅色肚臍結；一朵被壓扁的蘑菇屍體閃耀著悲傷、寒冷又蒼白的光。

◆

等待。

在發現開始以前。

還有最後一件事妳必須知道，蒂妮的好運蠟燭實現了願望。

實現了孤獨的人的願望。難堪的人、受辱的人、難聞的人。實現了憤怒的人、受折磨的人、充滿仇恨的人、無能為力的人的願望。實現了女兒們和母親們的願望。實現了母親們和女兒們的願望。實現了瑪拉們和蒂妮們的願望。實現了蒂妮們和瑪拉們的願望。實現了蒂拉們和瑪妮們的願望，蒂母們和瑪親們的願望，實現了母兒們和女親們的願望，實現了瑪妮和拉妮和朵莉和莉莉和其他人的願望。

在林裡，在坑邊，在黑暗中，一塊，母親與女兒，蒂妮與瑪拉，除了樹葉間的風聲、心跳和呼吸，什麼也聽不見。

噓！

聽。

這些是願望被實現的聲音——（壞心的願望，惡毒的願望。）

尖叫，很多很多的尖叫——

但不大清楚，就像有人對著枕頭尖叫，也許是對著稍微有彈性的某樣東西。

比如橡膠氣球。

比如泡泡糖。

比如皮膚。

◆

驚喜吧！事實證明，只要借助些許的生日魔法，仇恨也可以像一縷陽光那樣被捕捉住，仇恨可以放大、折射、**瞄準目標**。而一群像人行道上的螞蟻（罐頭中的沙丁魚）聚在一塊的慶生會客人，發現自己沉浸在一股神秘力量的光芒之中，這股力量的威力並未因為它的無形而有所減弱。

客人光滑的集體皮膚變溫暖，接著變熱，然後更熱。

他們明亮的頭髮開始悶燒，接著冒煙，然後燒焦。

他們顫抖、跳動、抽搐、喘氣的身體開始出汗，然後燒痛，然後烤焦，然後煮熟，然後爆炸，然後融化。接著**融合**。

他們交疊的身體合而為一，他們眾多的大腦變成一個混亂恐慌的大腦。他們不再是許多獨立的人，而是成了一團騷亂，一個驚恐發狂的有機體，一灘有知覺卻在噴發的肉體，有十來隻眼睛和大量四肢的**東西**。

◆

在小丘的山頂上，在耀眼的月光下，瑪拉和蒂妮緊緊抱在一塊，在她們腳下，蒂妮的生日怪物在抽搐，在搖晃，把牙磨得咯咯直響。哀號，想撕碎自己，同時放聲尖叫。

我很害怕我不知道發生了什麼我希望我媽媽我的寶貝妳是誰妳在我腦裡我身體裡做什麼我沒有妳在我的腦裡不是我媽媽不我是法蘭馨不我是卡蘿不凱西亞寶貝是媽媽怎麼會這樣請停止不我是史蒂夫我是史黛西我是蜜琪我是蕾拉我不明白我好害怕我不喜歡這樣請誰幫幫我我不能動我不能停止移動啊天啊這是哪裡來的為什麼我看不到我看到每一樣東西這是什麼聲音這是誰這是什麼我是什麼這做了這件事好痛拜託讓它停止我好痛啊寶貝抱歉這是誰你是什麼是我……

蒂妮目瞪口呆盯著怪物，眼睛閃閃發光，好像她的頭殼插滿了上千枝的蠟燭，下巴還淌下了口水。

在扭來扭去的四肢與放聲尖叫的腦袋中，女朋友的臉與其他的臉有了短暫的區別，她的眼睛睜得大大的，身上沾滿泥巴，小巧的鼻子被壓扁了，流著血，門牙少了一半，留下一個參差不齊的缺口。

蒂妮的慶生會成了她的生日禮物——一個抽搐、顫動、咯咯叫的怪物，而不是嘲笑人的怪物；一個嚎啕大哭語無倫次的怪物，而不是出軌離婚的怪物；它在痛苦中扭曲尖叫掙扎，而不是讓它應該疼愛關心的人孤零零的。

「媽媽？」蒂妮吃驚地對母親低聲說，「妳想生日願望實現後可不可以**收回**？也許我明年生日的時候？也許甚至現在？」

「我不知道，寶貝。」瑪拉說。

「妳想我**應該**收回願望嗎？」她懇求地抬頭看著母親，「妳希望我這麼做嗎？」

瑪拉想回答，但發現話卡在喉嚨。她思考著，蒂妮等待著，而她們腳下的怪物哀號著，張大了嘴，懇求著憐憫，而在大量融化的冰淇淋、破爛的派對彩帶和溼軟的蛋糕屑底下，黃色蠟燭旋轉著，擦出火花，唧唧喳喳叫著：滴嘟滴嘟滴嘟**噠**！

夜跑魔人

The Night Runner

六班的女孩子很壞，大家都知道。布圖拉女子小學每一個老師都有一個關於六班的故事——有一回，有個女孩子把一名女老師關在男廁一整晚；有一回，學校連續十天供應玉米燉豆，她們就發動全校靜坐抗議；還有山羊被關在儲物櫃那個事件。得知美國和平工作團的志工艾倫被分到六班，所有老師在走廊與他錯身而過時都會對他投以同情的眼光，有個較年輕的老師覺得他好可憐，在學校餐廳和同事聊到他的困境，還突然哭了起來。

但是當艾倫向這位老師討教如何應付那群女孩時，她也只能無奈地嘆口氣說：「根本沒辦法應付那群孩子，魔鬼就在她們的心中，沒有辦法，除非是——」她伸手在空中抽了幾下示範。

啪。

學校人人都教過六班，但所有她們欺侮過的老師之中，只有艾倫不敢把她們拖到外頭，鞭打她們柔嫩的小腿背。結果，只要他轉身在黑板上寫字（**ＨＩＶ病毒是透過以下方式傳播……**），女孩就沒完沒了地嘲弄，一鬧就會鬧到天翻地覆。

女孩模仿他說話的聲音，用尖銳的鼻音衝著他尖叫，拿東西往他身上彈：不只有粉筆，還有啐了口水的紙片、玉米粒、髮夾、會脫屑的綠色鼻涕小球。有一次，他發回一份練習後，羅妲．庫東多悠悠哉哉走到他的辦公桌前，含糊不清地嘟囔著，想模仿他拖長的德州腔，全班於是哄堂大笑。不明就裡的艾倫命令她坐下，她卻只是重複說過的話，還把食指深深插入嘴裡，戳了戳她的臉頰內側，讓臉龐鼓脹起來。原來她是在向他提出猥褻的要求，提議把他帶到教室後面幫他口交，好換取更高的分數。這玩笑讓他面紅耳赤，瞠目結舌，她則在歡呼聲中走回她的座位。

後來，在一個潮溼的十二月午後，艾倫走出學校大門準備回家，雀兒．歐都歐里尾隨在後，一路上像貓一樣喵喵叫個不停。雀兒是六班最小的一個，跟她以之為名的鳥一樣漂亮，一樣瘦削。在此之前，艾倫把她看成寵物一樣，一有機會就誇獎她，把她普普通通的表現抬舉成其他人的榜樣——那天下午，為了這個不勞而獲、坐享其成的得寵，她展開奇怪卻有效的報復。

◆

「是因為你的眼睛。」那天晚上，聽了艾倫描述雀兒對他做的事後，艾倫的朋友葛瑞絲這麼告訴他。後來他們在路上經過的孩子紛紛踴躍加入，最後他被一群孩子團團包圍，每個都高聲喵喵叫著嘲弄他。「因為顏色的關係，你的眼睛像貓的眼睛。」她又說，彷彿這是顯而易見的事實。

艾倫認為葛瑞絲的眼睛比他自己的更像貓，他的眼睛只是普通的藍色，葛瑞絲是當地盧希亞族姑娘，眼睛當然是褐色的，但眼梢像巫婆一樣上翹，眼球有些鼓起，所以他在一旁看她的時候，可以看到她瞳孔中透明的半月板，彷彿就要溢出些微的水。

艾倫到村子的第一個星期，葛瑞絲就收養了艾倫。一天晚上，她帶著一瓶沒冰的可樂和一份烤焦的煎餅當禮物，來到他的家門口。葛瑞絲前額長著滑溜溜的面皰，一笑就露出牙縫和發黑的牙齦，臉上流露著逍遙自得的鄙夷神情，很容易就可以融入六班的女孩之中，但她十九歲了，比她們誰都要大。剛認識時，她問艾倫究竟是美國哪裡的人，他回答以後，她冷冷地說：「我啊，我還以為德州人都很高大，牛仔那型，你卻不高，你只有……普通尺寸。」葛瑞絲幾年前在布圖拉小學讀書，當他描述學校裡發生的事，她頑固拒絕相信他能說出任何她還不知道的事。

夜幕一降臨，葛瑞絲便悄悄溜進艾倫那間狹小又散發酸味的房子，每一下低淺的呼吸都在告訴他，她在忍耐，在這樣的破屋待著，對他們兩個來說皆有失身分。有一回，她直截了當地問他：「你為什麼從德州大老遠跑來住在這個小不拉嘰的房子？難道你不知道那所學校的廚師住得比這房子還好？」

艾倫告訴她，他是志工，房子是學校提供的，所以他在這件事上無能為力。但其實他一到了那裡，就向和平隊的指導長大聲抱怨了自己的生活狀況。其實，當他頭一次跨過門檻，稀稀落落的蝙蝠糞便就從門框上像雨點似地打在他身上，他後來還發現其中一個罪魁禍首的乾屍被困在沒接管線的爐子中。

儘管明顯厭惡四周環境，葛瑞絲常常午夜過後還在他的房子逗留，吸吮著指關節，隔著點著燈籠的桌子注視他。艾倫懷疑她會向自己求歡，花了很多時間思索要如何回應，但到目前為止她還沒有這麼做過。到了夜晚的尾聲，她只是站著打哈欠，漫不經心重新整理從洋裝肩頭滑落下來的胸罩肩帶。

不過，在貓叫事件那一晚，艾倫陪葛瑞絲走到院子邊緣，兩人停在那裡徘徊。他一時衝動，伸手去摸她，但她沒有屈服，反而把他的手從她的腰間拿開，放回到他的身側，更當著他的面大笑起來。

「好壞哦。」她一面嘲弄，一面在他鼻子底下搖晃著手指。

好啦，艾倫所蒙受的一連串羞辱又多了一筆，這些侮辱讓他夜不成眠，望著天花板，害怕早晨的到來。

◆

艾倫好不容易才睡著，沒多久就被敲門聲吵醒。燈籠滅了，他摸黑從糾纏的蚊帳中出來，跌跌撞撞，穿過黑暗，走到屋子前頭。「來了！」他大喊，但敲門聲絲毫沒有減弱。訪客這麼迫切，他懷疑是不是發生了什麼緊急事件，是恐怖攻擊還是叛軍入侵，和平隊的人來了，要用直升機把他送到安全的地方。這種可能既可怕又有點令人興奮，但當他終於拉開門栓後，發現門外並沒有人。

他一頭霧水，大膽走進院子。夜氣中飄著木炭和糞肥的味道，寒風刺骨，他皮膚一陣刺麻，泛起了雞皮疙瘩。最後一聲敲門後，他過了幾秒鐘就把門打開，應該不可能有人來得及跑開。但在朦朧的月色之中，他看到院子空空蕩蕩，柵門緊閉，四周一切都是靜止的。

「哈囉？」他喊了一聲，但除了自己的喘息外，什麼也沒聽到。

他回到屋內，拉上門閂，重新整理了蚊帳，仔細將它塞到床墊四角底下——但他一鑽進被窩，敲門聲又響了起來。他猛然把門打開三次，什麼也沒看見。有一次，他從後面溜出來，躡手躡腳繞過屋子，想要當場逮住這個折磨他的傢伙。但他一走到屋外，敲門聲就沉寂下來。他回到屋內坐下，背部緊貼著牆，努力不要陷入恐慌。就在此時，敲門聲再一次響起了，鐵門上的捶打聲震耳欲聾。「走開！」他雙手摀著耳朵尖叫著，「走開！Toka hapa！走開！」但是——瘋狂的、不可思議的、讓人無法思考的——敲門聲持續了一整夜。

天亮了，由於睡眠不足，他的眼睛刺痛，神經緊張，這時門總算安靜下來。艾倫以為騷擾他的人或許留下了一些在白天看得出來的線索，便跌跌撞撞走去屋外，沒想到只遇上一坨熱氣騰騰、緊緊盤繞的大便，就在門廊的正中央。

那新鮮的私密臭氣讓他作嘔，他立刻用手臂掩住鼻子，跑回屋內，砰地關上門。儘管如此，他確信自己還是聞得到。為了壯膽，他灌了兩瓶常溫的塔斯克啤酒，用幾張報紙把糞便剷起，那滑動的熱氣透過薄薄的報紙散發出來。接著，他張開雙臂跑過院子，把那個揉成一團的球從牆頭拋到街上。

艾倫知道，他那天要是不去學校，就會失去控制六班的任何機會，但他實在無法去學校。他躺在沙發上，汗流浹背，用毯子蒙著臉，想找出當晚最有可能襲擊他的嫌疑犯。長相清秀會喵喵叫的雀兒？粗俗的羅妲．庫東多？還是一個沒那麼明顯的人，比如漂亮的梅西．亞金宜，她有一回交了張把**我愛摩西．奧喬**寫了一遍又一遍的考卷？也許是米爾桑．納伯瓦，上週她某堂課舉手問：「**Mwalimu**，那——那——是真的嗎——那**wazungu**——是真的嗎……」接著突然結結巴巴說：「**Mwalimu，ni kweli wazungu hutomba wanyama?**」為了掩飾他緩慢的翻譯能力，他假裝仔細思考這個問題，還眉頭深鎖，直到他終於明白她的意思（**老師，白人和動物性交是真的嗎？**），才明白他讓自己成了她笑話的完美笑柄。

也許是安娜史坦琪亞．歐登尤，他班上眾多的孤兒之一，是五個弟妹的家長。她很少來上學，所以他很難記起她的臉，不過他有時到村子時會經過她身邊，她看起來又疲倦又厭煩，頭上頂著一籃買回來的東西，一個孩子黏在她的屁股上。有一次在市場，他提議幫她要買的那幾顆洋蔥付錢，並且告訴她他希望她盡快回到學校。她收下他給的那幾先令，然後指著他的iPod，用斯瓦希里語說了一些他聽不懂的話。

「聽音樂。」她用英語說，每一個字都仔細地發音。「我喜歡聽音樂。」常有人向他要他的東西，但他總覺得尷尬。

「不行，安娜史坦琪亞，」他告訴她，「抱歉。」

「好吧，」她說。她抱著的孩子哭了起來，她噓了幾聲要她安靜。「也許以後吧，謝謝你的洋蔥，**Mwalimu**，再見。」在回家的途中，他才想到一個令人恐懼的可能：她可能不是想要iPod當禮物，只是想聽一首歌。

好，可能是雀兒、羅妲、梅西、米爾桑或安娜史坦琪亞……但也有可能是史黛拉．卡聖耶或莎拉芬．威朱利或維若妮卡．巴洛沙或安潔琳．亞提諾或布里姬．塔布或普瑞媞．安楊戈或薇蕾塔．亞希阿姆博。其實可能是她們之中的任何一個，因為她們都討厭他，每一個人。

◆

下午三點左右，校長上門來，艾倫說他病了。校長提醒艾倫瘧疾的危險，提議要派個孩子送些普拿疼給他，但艾倫婉言謝絕，爬回床上。晚些時候，葛瑞絲在她平常來的時間來了，孤獨的他顫抖著邀她進屋。「你怎麼了？」她一見到他就問。他把夜半的折磨簡單地說給她聽，但不敢承認有人在他家的門廊上拉屎。如同羅妲粗俗的猥褻提議一樣，不知為何，由於這個粗野無禮行為感到羞愧的不是冒犯者，反倒是他這個受害者。他告訴葛瑞絲敲門聲一直響到太陽升起為止，還以為葛瑞絲不會信他的話——他自己也很難相信——但他講完故事後，做好了被嘲弄的準備，她卻好像很懂一樣地點點頭說：「噢，是一個夜跑魔人。」

「夜跑魔人？」他重複一遍。

「和平隊學校沒有教過你夜跑魔人的事嗎？」

剛認識時，艾倫提到他到布圖拉之前接受了八週的和平隊訓練，從此就覺得葛瑞絲肯定以為他在教室花了幾個月，學會了在肯亞生活的每個可能細節，從怎麼跟老爺爺老奶奶打招呼，到如何正確將芒果切片，每件事都知道了。即便他只是犯了一個小小的錯誤，她也會表現出詫異，有時看上去是真的為了這些想像中的老師沒有好好教他而生氣。

「我們盧希亞族中常出現夜跑魔人，」她告訴他，「總之，他們光著身體到處亂跑，造成太多的麻煩。」也許受到了艾倫的驚恐表情的啟發，她把聲音降到男性音域，皺起眉毛，將她的解釋提升到表演的境界。「他們來訪，**隆隆隆**，發出這樣的聲音。」她用拳頭捶打空氣示範。「然後在你的牆壁上摩擦他們的ninis。」她伸出屁股一指。「如果你運氣很差，他們會給你留下一件小禮物。」她咯咯笑著，斬釘截鐵地說：「沒錯！就是夜跑魔人。」

那晚剩餘的時間，艾倫試圖讓葛瑞絲承認這是她編的。她跟他說過超乎自然現象的離奇故事。有個男人被下了詛咒，每次小便都像公雞一樣啼叫。有個女巫對一對亂淫的男女施法，所以他們做愛時黏在一塊，只能被送去醫院動手術才能分開。但她總是用戲弄般的語氣，好像知道他不會相信，激他來反駁她。但她似乎完全相信夜跑魔人是真的，不，他們不是幽靈，他們是真實的人，得了一種惡魔般的精神疾病，不跑不行。他們的身分是秘密，因為如果村子裡的人發現你是夜跑魔人——哇，那你就慘了！有一次，在三個小鎮以外的地方，有個夜跑魔人被抓到，差點被處以私刑，幸好大家發現她白天是一個備受敬重的牧師娘。

由於她信誓旦旦，艾倫的疑心慢慢消失了。他問要怎麼擺脫夜跑魔人的騷擾，葛瑞絲便說起一個複雜的故事，說首屈一指的夜跑魔人是兩兩成對完成他們的工作，為了避免被逮到，還會進行精心規劃的聯合儀式。但她後來自己停了下來，絕望地搖頭。「不！真正的問題是，這些夜跑魔人很難攔阻，因為當你去追他們，他們可能會變成貓、鳥或甚至是豹子一類的東西，人怎麼追得上呢？」

她噗哧一聲笑起來，「葛瑞絲！」艾倫大喊，「不好笑！」

葛瑞絲用手拍了一下桌子，大喊：「錯！好笑，你的問題是你太認真了。『噢，不，有個孩子對我喵喵叫！』『噢，不，有個人半夜來敲我的門！』這個世界上還有比人對你喵喵叫更糟糕的事。所以，你可以有你的煩惱——別人就不能笑嗎？」

「我只是覺得妳應該更有同情心一點。」艾倫悶悶不樂地說，把剩餘的可樂喝光。

◆

第二天早上，足足八個小時的睡眠讓亞倫振作起來，他決定冒險去學校。但他沒有進教室，而是去了校長室。校長的腳擱在桌上，一隻鞋的鞋底被口香糖弄髒了。「Mwalimu，艾倫！」校長喊著，「你的瘧疾今天好一點了沒？」

「不是瘧疾，」艾倫說，「我好多了，但我必須和你談一談六班的女孩子，她們行為脫序。」校長一面聽著，一面坐著椅子往後搖。艾倫滔滔不絕數落起六班的罪行，她們拿東西丟他，她們模仿他，她們問粗俗的問題，她們不肯寫作業，她們沒有給他應有的尊重。艾倫描述雀兒學貓叫的故事，校長開始皺起眉頭，但等到他說到他家遭受的襲擊，校長咚一聲讓椅子的前腳落回地上。

「不！」校長斷言，「這太嚴重了，碰到這樣的騷擾，你怎麼還睡得著？有人到你家門口，敲，敲，敲，敲了一整夜！」

艾倫正準備附和，但還沒開口，校長又說：「這不光是討厭死了，不！這在我們村子是個真正的問題，夜裡跑步這個壞習慣！」

艾倫跌回座位上，校長突然咧嘴一笑，露出兩排溼漉漉、亮晶晶的牙齒。他一把攬住艾倫的肩膀，「我的朋友，你想要你那一班有紀律，那就必須處罰她們！下次有個小女生對你喵喵叫——啪！」他拿起報紙抽了一下，「你就這麼做，我想這位夜跑魔人就不會再去拜訪你了。」

遭受挫敗後，艾倫回去了教室。要是在別的日子，他不在時，女孩一定是鬧瘋了，但她們今天正襟危坐，腳踝併攏，雙手置於前方。當他走向教室前面時，一百隻眼睛追隨著他。他清了清喉嚨準備說話時，允許自己燃起一線的希望，**也許結束了，也許她們終於明白自己鬧得太過分了**。

「午安，同學。」艾倫提醒全班同學。

空氣中響起腳步拖拉的聲音，桌子吱吱作響，六班全體起立迎接他。

「喵嗚！」

◆

隨後是一陣歇斯底里。艾倫抓起離他最近的女孩的手臂：梅西．亞金宜，也就是愛摩西．奧喬的那一個。梅西尖聲大叫，把手指插入他的手中，但他用力把她往前一拽，逼她往門口走去。他們快走到庭院時，其他女孩才意識到發生了什麼事，當她們意識到了，就成群結隊跟上去，把他包圍在尖叫的漩渦中。口水、紙片、鞋子在四周飛來飛去，但艾倫只專心控制手中那個扭來扭去的學生。

騷動吸引了學校其他學生，大家蜂擁而出，好奇的老師也沒有試圖阻止。在全校師生的注視之下，亞倫反扭梅西的雙手，將她押到庭院中央，接著按照慣例，讓她的雙手高舉過頭貼在旗杆上。梅西的藍白格子裙從膝蓋後面飄起，露出一雙光滑的褐色大腿。在她的雙腿之下，有數十根細枝散落在草地上，那是之前毒打所留下來的。亞倫抓起一根，貼著梅西的腿，一團小腿肌肉在皮膚底下抽動。

艾倫覺得肚子不舒服，而且開始發冷。他想他可能會控制不住腸胃，但還是舉起棍子準備打下去。就在他這麼做時，梅西歪著頭對他淺淺一笑。

「喵。」她低聲說。

他做不到。他把棍子往地上一扔，就走回家去了。

◆

葛瑞絲那晚沒來，夜跑魔人卻來了。第二天早上，艾倫打開家門，驚訝地發現門廊沒有被弄髒，但惡臭立刻衝入鼻孔。他轉頭才發現，在他家白牆的屁股高度上，褐色的團塊物體留下了一圈完整的痕跡。

艾倫走進屋內，給他的和平隊指導長打了電話，說他成了村裡的騷擾目標，他不再認為自己能給這個地方的人帶來什麼，他想回家。他以為她會勸他打消這個念頭，保證他正在做的事是有意義的，但她卻沒有。和平隊幾乎是把他一人獨自留在他被分配到的村子，但他一想離開，就好像拉下了槓桿，啟動一架複雜機器的運轉。指導長只問在村子裡是否覺得不安全，或者他是否考慮要傷害自己。他說沒有，於是她叫他隔天到辦公室填寫離職文件，就這樣而已，再容易不過，他完成了。

掛上電話後，艾倫裝了一桶滿是泡沫的溫水，將一件舊T恤打了個結，走去外面跪下來擦洗牆壁，洗到牆壁發亮為止。他不覺得噁心，也不覺得厭惡，只有一種麻木的鄙夷。這是她們所做的選擇，把他趕走，就像打孩子是一種選擇，就像沒有保護措施的性行為是一種選擇，**這是她們所做的選擇**，他對自己說，這句話就像他嘴裡的血。

◆

在村子的最後一天，艾倫在日落後最後一次走去鬧市，給自己買了煎餅和可樂，然後想了一想，也給葛瑞絲買了一套煎餅和可樂。他很好奇，不知道她發現自己要走了會說些什麼，腦中又聽見她驚訝的聲音：**和平隊學校沒有教過你夜跑魔人的事嗎？**

沒有，葛瑞絲，他心想，**他們沒有教我任何我需要知道的東西**。

那天晚上，沒有葛瑞絲，一開始也沒有夜跑魔人，只有一股令人窒息的熱氣鑽入屋裡，頑強地不肯離去。亞倫呼吸困難，但不敢打開窗戶，脫得只剩下內褲，蹲在床墊上，用面紙擦拭溼淋淋的額頭。他在膝蓋上放了一樣工具，那是從院子的棚屋拿來的，一種長長扁扁的刀，附近的人叫它「割草刀」。他已經告訴了指導長實情——他在村子中並不會覺得不安全，但他感到害怕、受辱和無助，他厭倦了那種感覺。

◆

午夜剛過，敲門聲就開始響起。**叩，叩，叩**，訪客來了，先是敲門，然後是敲窗。**叩，叩，叩**。門，窗，門，直到整棟屋子被一陣顫動的、少女般的敲打聲圍繞，絕對沒有人能這麼快速移動，也許六班全班都來訪了，來參加一場虐待狂的戶外教學。再一次，艾倫看到梅西雙手搭在旗杆上，瞇著眼往上瞧他，即使他氣得足以把她打得鼻青臉腫，她也是不怕他，而此刻他還像膽小鬼蹲在家裡。**我是來這裡幫你們的**，他心想。他站起來，把割草刀像籃球帽一樣勾在肩上，躡手躡腳向門口走去，此時敲門聲像展開的翅膀傳遍了整間屋子。

◆

等待。

等待。

叩，叩，叩。

就是現在。

艾倫猛然把門打開，兩條光裸的棕腿在他面前飄來飄去，裸露的腳趾頭扭動著。接著，有條腿朝他的臉一踢，五片珍珠狀的腳趾甲往他臉頰刮下去。艾倫大聲尖叫，拿起割草刀就是一陣亂揮——但那雙腿往上一溜，不見了，只留下他呆呆望著空無一物的門口與寒冷的黑夜，金屬刀片卡在破碎的木頭門框中。

艾倫兩腿發軟，說不出話來。他往地上吐了一口膽汁，如果刀鋒碰到了肉，應該會有一條女孩的斷腿掉在那裡。他差一點就幹出了這種事，這個衝擊讓他猛然一驚，震悚像電一樣在他的脊椎繚繞。想一想，要是他砍中她的話，會有骨頭碎裂的聲音，會有尖叫，會有深紅色的血液噴出。

但她從他手中逃走了。她現在在屋頂上，敲門聲被一陣細雨般的答答答取代了。他踉踉蹌蹌走到院子，恰好看見一個小黑影爬過斜屋頂。她不見了，但也被困住了，因為院子那一頭的牆壁太高，哪個女孩都爬不上去。

「梅西？」他發出懇求，「雀兒？羅妲？過來跟我說話，行行好。」

房子另一側傳來一聲輕輕的**咚**，不管是誰在屋頂上，那人都滾到地上了。艾倫朝聲音直奔而去，擋住了離開的路。她不可能在他看不見她的情況下在屋子四周潛行，但下一個聲音卻是從他身後傳來的，先是一陣輕柔的咯咯笑，然後是一句低低的奚落，「**喵嗚！**」

他以為已經驅除的怒氣再次在心中湧起，他轉身朝她撲了過去，她卻從他身邊溜走。他追了上去，出了柵門，到了路上，忘記自己是光著腳，忘記自己只穿著內褲，忘記憤怒以外的每一件事。

她在漆黑如夜的路上跑著，他什麼也看不見，只看見她的模糊身影輪廓，先是一個孩子的大小，然後有一個男人那麼大，又像一隻貓那麼小，接著又是一個女孩的大小。他追著她，穿過空蕩蕩的街道，經過緊閉的民宅與上鎖的商店，跑進露溼的低窪灌木叢，穿過一片較高的樹林，樹木抓他，勾住他的頭髮，在他胸前留下鞭痕般的血痕。他跑啊跑，跑過一座教堂和一處垃圾場，跑進了玉米田，幼苗像剃刀一樣往他的腿上砍啊砍。最後，他翻過一堵牆，摔進了一座火光通明的大院子。

亞倫眨眨眼，用手擋著眼睛。起初他分不清楚人與影，乍看以為是個瘦高男人的形影，晃了幾下，化成了一根旗杆。他又眨了眨眼，發現這個院子很眼熟，後方的建築更是如此。火坑現在像舉辦慶祝活動一樣熊熊燃燒，四周圍著六班的女孩子，她們的旁邊是五班、七班、八班的女孩子，許多人拿著可樂和芬達，嘴唇和火上的烤羊一樣閃閃發亮。

是一場聚會，慶祝學期結束了。亞倫蹲在她們前面直喘氣，女孩一看見他就睜大了眼睛，其中一個還伸手一指，臉龐由於恐懼而扭曲，嘴裡輕輕發出了害怕的嗚咽。亞倫轉身往後頭看，在轉頭的那一瞬間，他相信葛瑞絲故事中所有的妖魔鬼怪都是真的，接著看到了背後那面空白的牆，想起是自己在追人，不是別人在追自己。

幾個較小的女孩哭了起來，哭得很傷心，很害怕，但羅妲・庫東多大膽地喊著：「啊！是夜跑魔人！」啜泣變成了尖銳的嘲笑。

亞倫低頭一看，見到了她們眼中的自己：恐怖的幽靈，貓眼的生人，蘑菇般慘白，像拳擊手一樣衣服破爛，渾身泥汙，樹枝樹葉黏在兩腿之間的毛髮上，皮膚由於越來越深的羞愧而發亮。**勇敢的女孩**，他突然這麼想，她們發出嘲笑來保護自己。勇敢的女孩，把恐懼變成歡笑，用玩笑代替哭泣。

他抬頭看見陰影中藏著一個人影，起初以為是另一個女學生，但她接著露齒一笑，他認出了她的長腿與笑容裡的牙縫。

「噓！」又是悄悄話。她打了個手勢，不出聲說了一句斯瓦希里語。

Ukimbie nami.

跟我一起跑。

不怕他的葛瑞絲，嘲笑他、給他講故事的葛瑞絲，戲弄他，嚇唬他。不哭不生氣但會快跑的葛瑞絲。明天，他將展開漫長的返家之旅，但今晚葛瑞絲光著身體跑過院子，除了他，沒有任何人看見。

今晚，他像貓一樣輕盈地追著她。

鏡子、桶子和老舊的大腿骨

The Mirror, the Bucket, and the Old Thigh Bone

從前從前有一個公主要結婚，沒有人認為這會是一個問題。公主有一雙靈活的眼睛，一張甜美的小臉蛋，她愛笑，愛開玩笑；她有敏銳、專心又好奇的頭腦，即使她埋頭看書的時間比當時（或任何其他年代）所以為的理想時間要長，那麼至少意味著她總是有故事可說。求親者從王國各地來晉見公主，公主以同樣的風度接待每一個人。她問他們問題，也回答他們問題；在庭院散步時，她同他們挽著手；她傾聽，她笑吟吟，以一個故事交換一個故事。她是如此的迷人，如此的快樂，每一個求親者回家時都心想，姑且不論他日繼承王位的喜悅，與公主結婚的生活一定不會是非常不愉快的。

這些求親者來訪之後，公主就與國王、王后和皇家顧問坐在廳堂，他們不停地問她問題。她覺得最後一個求親者如何？她認為他英俊、聰明、善良又有騎士風範嗎？

噢，是的，公主露出酒窩含笑說，絕對是的，這些條件通通有。

這位求親者跟上一個相比怎樣呢？

那個求親者的確也很有吸引力。

但這個更好？

是，有可能。嗯，沒有。這很難說，他們兩個都有好多好多的優點！

我們要不要把兩個都請回來，好讓妳比較一下？

哦，不，我想沒有必要。

所以妳是說妳兩個都不喜歡？

我喜歡，我喜歡！只是——

只是？

我好難在他們之間做出選擇，這似乎確實是不好的徵兆，不是嗎？我在想，如果不大麻煩的話，也許我們可以……

再邀請一個？

是的。

另一個求親者？

是的，麻煩了。

如果還有的話。

是的，如果還有的話，可以嗎？好嗎？

這時，王后噘起她的小嘴脣，皇家顧問面露難色，但不發表己見。國王則嘆了口氣說：好吧。

◆

就這樣，一年過去了，接著又一年，然後又過了三年。公主見過王國中所有的王子，所有的公爵，所有的子爵，所有沒有頭銜但財富令人咋舌的金融家，所有沒有頭銜也不大富有卻受人尊敬的工匠，最後是所有的藝術家——既沒頭銜財富也不令人尊敬——然而，在公主眼中，沒有一個人讓自己與眾不同。

很快，走不出十英里的路，你就會碰上一位曾經向公主求親的人，這些求親者都同意，基於一個理由而遭到拒絕是一回事，但僅僅因為一個人在某個含糊不明的地方不夠好就失去資格，這是一個毫不含糊的打擊。

五年過去了，公主拒絕了幾乎王國中每一個符合條件的男人。大家開始竊竊私語，不滿的聲浪也隨之而起：公主也許自私，傲慢，被慣壞了。也許這只是她在玩的把戲，她根本不想結婚。

◆

到了第五年年底，國王失去了耐心，告訴公主第二天所有被拒絕的人都會被邀請回城堡，公主選一個嫁給他，這件事就了了。公主也厭倦了這個過程，煩惱自己無法做出選擇，於是也就同意了。

求親者回來了，公主再次走在他們中間，說說笑笑，交換故事，也許不像以前那樣活潑迷人，每個求親者都有了新的決定，與公主結婚的生活一定不會是**非常**不愉快，況且還會加上他日繼承王位的喜悅。

這一日平安無事過去了。太陽下山時，國王、王后和皇家顧問在廳堂坐下來，詢問她的決定。公主沒有立刻回答，她咬著嘴脣，啃著指甲，用手梳理了一下黑色長髮。最後，她低聲說：

請再給我一天時間好嗎？

國王勃然大怒，低聲一吼，掀翻了桌子。王后跳起來，打了公主一記耳光。公主雙手掩著臉哭了，在一片混亂與苦惱中，皇家顧問介入了。

就讓她再多考慮一個晚上吧，皇家顧問說，她可以早上再選擇她的丈夫。

國王和王后都很不悅，但皇家顧問過去從來沒有誤導過他們，所以他們允許公主那天晚上不用做出決定就能上床休息。

◆

公主獨自醒著躺在房間，像過去五年的每天晚上一樣，在被單上翻來覆去，搜索自己的內心。為什麼沒有人令她滿意呢？她在尋找什麼她找不到的東西呢？她受傷的心沒有給她答案，她又累又傷心，正要迷迷糊糊睡去的時候，聽到有人在敲門。

公主坐了起來。是王后，準備獻上一個道歉和憐憫的吻嗎？是國王，再來一次威脅還是警告嗎？也許是皇家顧問，想出了某個神奇任務讓她向求親者提出，好從全部人之中找出最有價值的一個。

但公主打開門時，走廊上站著的不是國王，不是王后，也不是皇家顧問。是一個她從未見過的人。

公主的客人穿著一件從脖子垂至腳踝的黑斗篷，黑兜帽遮住他的頭髮，但他的臉——當她凝視時——是可愛的，迷人的，溫暖的。他的臉頰圓潤，嘴脣豐滿又柔軟，一雙明亮的藍色眼眸讓人墜入其中。

噢，公主輕聲說，你好。

你好，客人低聲回答。

公主笑了，客人見了也笑了。公主覺得全身的血液像被抽乾了，換成了肥皂泡、光與空氣的混合物。

公主把客人拉進去，他們在公主的天篷床上過了這一夜，又親吻又說笑，一直聊到天亮。就在太陽要升起時，公主睡著了，她從來沒有這麼幸福過。當她做夢時，她夢見了一種充滿她不敢想像之歡樂的生活，一種洋溢著歡笑、幸福與愛的生活。

公主醒來時，微笑在嘴角翩翩起舞，愛人的手搭著她的腰，國王、王后和皇家顧問站在她的身旁。

噢，天啊，公主羞紅著臉說，我知道這看起來像什麼樣子，但聽我說——我辦到了，終於，在這麼多年後，我做出了我的選擇。

她轉向她仍舊藏於被單底下的愛人。我愛他，她說，沒有什麼比這更重要，這就是我選擇的男人。

國王和王后傷心搖著頭，皇家顧問從床上掀起被子扔到地上，接著趁公主還來不及反對，撩起了客人的黑色厚斗篷抖了一抖，斗篷裡掉出一面破鏡子、一只凹癟的錫桶和一根老舊的大腿骨。

公主感覺屁股有東西在爬，是愛人的手停留過的地方。她低頭一看，發現那裡只有自己的手，嚇得直打哆嗦。

我不明白，公主低聲說，你們對他做了什麼？

我們什麼也沒做，皇家顧問說，這就是他的全部。

公主張口想說話，但一句話也說不出來。

好，皇家顧問說，讓我向你說明。

他從床上拿起大腿骨靠在牆上，用一段細繩將鏡子綁在骨頭頂，再把水桶綁在中間，然後將黑斗篷披到上頭。

妳看，皇家顧問說，當妳看著愛人的臉時，妳是在看這面破鏡裡自己的臉。當妳聽到他的聲音時，妳只是聽到自己的聲音從這個凹癟的桶子發出迴響。當妳擁抱他時，妳感覺到的是自己的手在撫摸妳的背部，但妳只是抱著這根老舊的大腿骨。妳自私、傲慢、被寵壞了，妳能愛的只有妳自己，永遠不會有求親者令妳滿意，所以結束這個愚蠢的行為，結婚吧。

◆

公主發出一聲哽咽，抓著自己的手臂，咬著舌頭，直到舌頭流血為止，然後在曾經是她愛人的東西前面跪下。當她再次站起來時，臉龐是光滑的，下巴是堅毅的，眼裡的淚水已經乾了。

是的，她說，我已經吸取了教訓，召集求親者，我準備做出選擇了。

求親者一同在庭院集合，公主走在他們中間，抱歉讓他們等待了這麼久。然後，她毫不猶豫，也毫不懷疑，選出了一個丈夫：一個年輕的公爵，他英俊、聰明、善良又有騎士風範。

一週後，公主與公爵結婚了。王后很高興，國王很滿意，皇家顧問不發表己見，但忍不住流露出一絲的自鳴得意。長期籠罩全國的不滿情緒消散了，人人都認為事情有了最好的結果。

◆

婚後第二年，公主的雙親都過世了，因此她不再是一名公主，而是一名王后。她的丈夫當上國王，對妻子十分謙恭有禮，兩人相處融洽，國王也順利統治王國多年。

結婚近十年後，王后替國王生下兩個孩子，國王卻發現自己愛上了妻子，使得他們的關係複雜起來，因為這代表他再也無法忽視她非常非常悲傷的事實。

國王知道他獲得青睞的方式有些神秘；他不是傻瓜，他很清楚，他求親時並沒有給公主留下什麼特別的印象。當他想到這件事時——他盡量不去想——猜出了與事實相去不遠的答案：她愛上一個不合適的人，由於不許和那男人在一起，才改選擇了他。國王並不十分介意做第二人選，但很不願意見自己的妻子痛苦不已，日漸消瘦。他不禁想知道這一切是否是他們的婚姻所造成的。

於是，有天晚上，國王試探地詢問王后怎麼了，他能否做什麼讓情況好起來。起初，王后否認自己不幸福，但經過這麼多年的相處，兩人之間已有了一定程度的信賴，因此她最後把整個離奇的故事告訴了國王。

她說完後，國王說：這是一個非常奇怪的故事，最奇怪的地方是，我跟妳生活了那麼久，我可說是非常了解妳，我並不認為妳自私、傲慢或被寵壞了。

但我是，王后說，我知道我是。

妳怎麼知道？

因為，王后低聲說，我愛上了那東西，我愛它，好像我從來沒有愛過任何人：不愛你，不愛我的父母，甚至也不愛自己的孩子。在這個世界上，我唯一愛上的東西，是一面破鏡子、一個凹癟的桶子和一根老舊的大腿骨所做成的奇怪裝置。

在床上跟它共度的那一晚，是我唯一覺得幸福的夜晚。即使知道了它是什麼，我仍舊想要它，渴望它，愛它。這不就代表了我是自私的，是傲慢的，是被寵壞的，我只能愛我自己扭曲內心的扭曲反映嗎？

說完王后哭了起來，國王把她抱到懷中。抱歉，他說，因為他想不出別的話。我能做什麼？

什麼也不能做，王后說，我是你的妻子，我是我的孩子的母親，我是這個國家的王后，我努力變得更好，我只求你試著原諒我。

我當然原諒你，國王說，沒什麼要原諒的。但那天晚上國王非常不安地睡著了，當他早上醒來時，滿腦子只想著怎麼減輕王后的痛苦。他深深愛著她，因此如果放棄她能使她快樂，他也許願意這麼做——但她所愛的人並不存在，只存在她自己的腦海中，讓她自由又有什麼好處呢？

這個難題國王沉思了好幾天，最後他去拜訪皇家顧問，他們一起想出了一個計策。他們編造時，國王就知道這不是一個很好的計策，但王后一天比一天悲傷蒼白，國王覺得他必須要做點什麼，否則有可能會徹底失去她。

◆

那天晚上王后入睡後，國王踮著腳尖走到走廊，披上一件長長的黑斗篷。他敲了敲門，王后打開門時，他舉起一面鏡子到自己的面前。

皇家顧問給國王的鏡子只是個破爛東西，王國裡最虛榮最貧困的女人也會扔進垃圾堆中。它的正面泛起波紋，模糊不清，像是蒙上一層薄薄的油脂，從上到下還有一道深深的裂痕，彷彿玻璃上有根長髮。但王后一照鏡子，臉上就浮現了萬般的柔情，國王的心幾乎要碎了。王后晃了一下，閉上眼睛，嘴脣緊貼著自己的倒影。噢，她低聲說，噢，我是多麼多麼想念你，每一天，我都想到你，每一晚，我都夢見你。我知道這是不可能的，但我好希望我們永遠在一起。

我也想念你，國王低聲說。但他才一開口，王后就睜開眼睛往後跳開。不，她驚叫，不！完全不對，你不是他，你聽起來不像他，這不是我想要的！拜託，你只會讓一切變得更糟。

她撲到床上，國王走過去躺在她的身邊，她卻不肯看他一眼。

◆

王后三天沒下床，當她終於起床時，她的孩子跑向她，爬到她的腿上。王后擁抱他們，但他們親她時，她並沒有笑，當他們興高采烈述說一天的瑣事時，她也拖了很久才回應，彷彿從很遙遠的地方跟他們說話。

起初國王試著尊重王后的意願，讓她獨自悲傷，但現在看過了她幸福的模樣，哪怕只是短暫的一睹，他也是發現自己比以前更難眼睜睜看著她痛苦。日子一天天過去了，王后仍舊悲傷蒼白，沉默寡言，國王說服自己，只要他能讓幻想更令人信服一點，他的偽裝就能給王后帶來歡樂，而非悲傷。

就這樣，過了不久，國王站在王后的臥房門前，一手拿著破鏡子，另一手拿著凹癟的錫桶。桶子比鏡子還要破爛──銹了不說，還髒兮兮的，發出一股酸味，有塊灰白的地衣像灑出來的牛奶在桶底蔓延。

國王敲敲門，王后過來應門，再一次照著鏡子，再一次臉色變得溫柔起來。國王的心幾乎要碎了，王后親吻鏡子，對著想像中的愛人低聲傾訴甜言蜜語。但這一次國王保持沉默，房裡唯一的聲音是王后自己聲音的迴音。王后喜極而泣，倒在國王寬闊的胸膛上──但國王的雙臂才一摟住她，她就張開眼睛，離開國王的懷中。

不，她說，你不能這樣欺騙我，你的觸摸一點也不像他的，你為什麼堅持要讓我受苦呢？

王后對國王的抱歉充耳不聞，回到床上，再也不離開──國王求她，沒用；女兒來了，懇求母親，沒用；皇家顧問來了，要求她停止做這麼愚蠢的行為，這次好歹想想別人，不要只顧著自己，沒用。她一動不動地躺著，不吃也不喝。最後，國王決定採取行動，否則她只有死路一條。

◆

這一次，國王放棄所有欺騙的希望。中午時，他把那根老舊的大腿骨拿到王后房間，大腿骨又長又黃，上頭還黏著少許的肌腱，兩側還有狗兒啃出來的小孔洞。骨頭聞起來像腐爛的肉、垃圾和膽汁，國王一摸就想吐。儘管如此，他用線把鏡子和桶子綁到骨頭上，再把黑斗篷披上去，將它撐靠在角落。他完成後，王后張開眼睛發出呻吟。

為什麼，她哀求著說，當我這麼努力想要變好的時候，你為什麼要這樣對我？

妳愛妳所愛的，國王說，如果那樣代表妳自私、傲慢或被寵壞了，那就這樣吧。我愛妳，妳的孩子愛你，王國的人民愛妳，我們不想看到妳再受苦。

王后下了床，搖晃著雙腿站起來。在國王的注視下，她凝視鏡子，對桶子低語，用雙臂抱住老舊的大腿骨，露出了笑容。

◆

在接下來的幾天裡，僕人給王后端來了食物，讓她挑挑揀揀地吃，又給她送來了葡萄酒，讓她小口小口地喝。很快，她眼睛四周最深的陰影消失了，臉頰的凹癟也沒那麼深了。國王高興她從絕望的深淵爬起來，但無法忍受旁觀王后對著她的垃圾收藏幸福地呢喃，便把她留在那裡。他隔天再來時，發現她把那髒東西拿到他們的床上，他想表示抗議，但一靠近，王后就氣急敗壞對他發出噓聲，所以他踉踉蹌蹌退出了房間。

一週過去後，王后的孩子又開始想找母親。國王回到王后的臥室，她光溜溜地躺在床單上，用鼻子蹭著鏡子，對桶子低語，懷裡抱著老舊的大腿骨。

你要什麼？他走過去，她便問，眼睛沒有離開鏡子。

妳的孩子想妳，國王說，妳能不能出來陪他們玩一下？

讓他們來我這裡，王后說，他們可以在這裡玩。

絕對不能，國王厭惡地說，去照顧妳的家人，這……玩意會等妳回來。

王后壓低聲音說了什麼，然後歪起頭聽自己的迴音，臉上露出一種可怕詭秘的表情。

哦，她狡詐地說，我明白了。

明白，桶子低語。

是的，她回答它，我明白了。

妳在說什麼？國王問。

你想引誘我離開這裡，王后說，你嫉妒了，我一離開房間，你就會偷偷溜進來，偷走我的鏡子、桶子和老舊的大腿骨，然後我又是一個人了。

一個人，桶子低聲說。

對，王后威脅地說，一個人。

求求妳——國王懇求她，聽我的話，我沒有要——

滾出去！王后大叫一聲，接著開始尖叫，她的話從凹癟的錫桶回傳出來，房間迴盪著刺耳的尖叫聲：

別煩我們！別煩我們！別煩我們！

◆

此後，國王自己也瘋了。他命令僕人割掉舌頭，這樣就無法把王后的情形說出去。他解僱了皇家顧問，還請了個刺客確保他保守這個秘密。他欺騙孩子，告訴他們母親臥病在床。他通過一項法律，禁止任何人談論她的遭遇。儘管他做了那麼多的努力，謠言還是傳開了。有傳聞說，在三更半夜，王后會走出臥室，跨過矮護牆，拖著她駭人聽聞的情人，情人在她旁邊啪噠啪噠地響。

國王盡全力統理王國，試著把自己想像成鰥夫。他不再去探望王后，但有些夜裡夢遊，醒來發現自己在王后房間外的走廊上，指關節在她門前擺好了姿勢。

一年過去了，五年過去了，然後十年也過去了。最後，國王再也無法承受自己的悲傷，就回到妻子的臥房，決心和她最後一次說話，然後結束自己的生命。

王后房間角落點著一枝蠟燭，燭光搖曳。在陰影的蒙蔽下，國王起初以為房間是空的，但眼睛適應了黑暗後，辨識出一個蒼白的形影在黑暗中扭動。從床的方向傳來一陣嘰嘰喳喳的低語，像是翻開大石頭露出來的幼蟲所發出的聲音。那聲音非常令人不安，國王準備逃走，但這時一束銀色月光穿透窗子，照亮了纏繞在床單上的東西。

朝著他抬起頭的是一個骨瘦如柴般的東西，頭髮亂蓬蓬，皮膚蒼白如屍，一雙巨大空洞的眼睛早已習慣了黑暗。它齜牙咧嘴，一言不發地咆哮著，赤裸的肩胛骨在皮膚底下彎曲，像是不成形的殘翅。在一個如夢般的慢動作中，曾是王后的怪物從床上滑下，開始朝國王爬來，身後拖著鏡子、水桶和那根老舊的大腿骨。

國王放聲尖叫，朝門口跑去，但跑到門口時，想起了他第一次見到妻子時她的模樣——一個溫柔含笑的姑娘——憐憫之心淹沒了他的恐懼。

他鼓起勇氣，回到房間，跪在愛過的女人旁邊。我很抱歉，他低聲說。在一片寂靜中，錫桶對他重複了他的話。

我很抱歉。

輕輕地，很輕很輕地，國王開始從王后緊握的手中撬出大腿骨。她渾身發抖，盡全力抓緊，但力氣比不上他。她冷不防鬆開了手，國王的手也跟著滑開，大腿骨掉了下去，凹癟的桶子撞上石頭，發出撞鐘般的聲響，鏡子則是摔成了千千萬萬的碎片。

王后困惑地皺起眉頭，有那麼一瞬間，彷彿恢復了正常。接著，她癱倒在地，好像肌腱斷了似地。國王拉著她的手臂，想把她抬起來，這時她的手突然揮過來，用鏡子碎片劃過國王的脖子。

◆

第二天早上，王后從房間出來。她仍舊跟屍體一樣蒼白，跟骨頭一樣瘦削，但當她說話時，她的話語柔和清楚。她把前一晚發生的悲劇告訴人民，說國王由於長年悲傷而神智不清，來到她的臥房割斷自己的喉嚨。她說自己病了很久，但現在好多了，準備代替丈夫治理國家。這個故事令人難以置信，王后嘴裡一面說著，眼神一面瘋狂地閃爍，但她仍舊是王后，無人敢發言反對她，連她自己的孩子也不敢。

王后登基後，成了女王，不久有個穿著黑斗篷的身影出現在她的身側。儘管沒有人獲准靠近看個清楚，那身影發出難聞的惡臭，偶爾女王傾身聽它的建議，那些跪在她跟前的人，認為他們透過層層疊疊的帽兜見到了女王自己的臉龐，那影像碎成無數參差不齊的碎片。女王就這麼度過了餘生，死後按照自己的意願入葬，將黑斗篷人葬在她旁邊的棺材中。

女王的孩子長大了，變老了，輪到他們死去了。不久，王國崩解，到處都是陌生人。在地下深處，錫桶迴盪著蛆蟲啃嚙的聲音，鏡子照出恐怖的腐爛之舞。女王的悲慘故事隨即徹底被人遺忘，她的墓碑倒了，風吹雨打一天一天磨去她的名字，等到一個世紀過去了，老舊的大腿骨就僅是屍骨堆中的一根，凹癟的錫桶早已沉寂，破碎的鏡子只照出一塊乾乾淨淨的白頭骨。

貓派

Cat Person

瑪歌在第一學期快結束的一個週三晚上遇見羅伯特，她在鬧區的藝術電影院販賣部打工，他進來買了一包大爆米花和一盒紅藤甘草糖。

「這選擇……很少見，」她說，「我想我一盒紅藤也沒賣出去過。」

撩一下客人是她在咖啡館煮咖啡時養成的習慣，對小費有幫助。她在電影院不拿小費，但不攀談幾句，這份工作又很無聊。她不覺得羅伯特可愛，這麼說吧，沒可愛到她在聚會上會過去搭訕的地步，但如果他在一門無聊的課上坐在對面，她可以對他產生一些浪漫的幻想——不過她肯定他已經大學畢業了，至少有二十五歲。他個子很高，這點她喜歡；她看到他捲起的襯衫袖子露出一個刺青圖案的邊緣。不過他偏壯，鬍子有點長，肩膀微微前傾，好像在保護什麼。

羅伯特沒留意到她在調情，或者察覺了，但也只是後退一步，好像要讓她靠過來，再努力一點。

「是哦，」他說，「好吧。」他把零錢放到口袋。

但下週他又來電影院，又買了一盒紅藤。

「妳工作表現越來越好，」他告訴她，「這次管住自己沒酸我。」

她聳聳肩膀。

「我要加薪了，所以囉。」她說。

電影結束後，他回來找她。

「販賣部小妹，給我妳的電話號碼。」他說。她給了，自己也吃了一驚。

◆

接下來的幾週，從關於紅藤的那幾句對話，他們透過訊息打造出一組精巧的詼諧鷹架，即興話題發展得快，變化也快，她有時難以招架。他很聰明，她發現她必須努力才能贏得他的好感。很快，她注意到他通常立刻就會回她的訊息，但如果她花了好幾個小時才回他，他的下一則總是很短，而且不包括問題，所以重啟話題就成了她的事，而她每一次都會想辦法繼續。有幾回她一整天左右的時間都在忙著別的事，以為這樣的對話要徹底斷了，接著卻又想到什麼好笑的跟他說，或者從網路看到一張跟他們話題有關的照片，他們就又開始了。她還是不大認識他，因為他們從來沒聊過關於自己的事，但要是他們連續來了兩、三個有意思的笑話，又會有一種飄飄然的感覺，好像他們在跳舞一樣。接著到了複習週，某天晚上，她抱怨學校的餐廳全關了，寢室裡也沒食物，因為室友洗劫了家裡寄來的那箱吃的，他就說要買幾盒紅藤去孝敬她。一開始，她用另一個笑話帶過去，因為她真的得念書，他卻說：**沒有啊，我是認真的，別打混了，快來吧**。所以她在睡衣外面套了件夾克，到7-Eleven跟他見面。

那時大約十一點，他很隨意地打了招呼，一副每天都見到她的樣子，然後帶她進去挑幾樣零食。店裡沒賣紅藤，所以他給她買了櫻桃可樂思樂冰、多力多滋，還有一個青蛙叼菸造型的新奇打火機。

「謝謝你送我的禮物。」回到外頭時她說。

羅伯特戴著一頂遮住耳朵的兔毛帽，穿著一件又厚又俗氣的羽絨外套。她覺得這對他來說是個很好的造型，是有點呆，但帽子讓他更像伐木工人，厚外套遮住他的肚腩和略顯悲傷的斜肩。「不客氣，販賣部小妹。」他說。但他那時當然已經知道她的名字了。

她以為他要來個吻，就轉頭把臉頰湊過去，怎知他沒有親她的嘴，而是拉著她的手臂，輕輕吻了一下她的額頭，彷彿她是什麼寶貴的東西。

「好好用功，親愛的，」他說，「回頭見。」

走回宿舍的路上，她渾身洋溢著閃亮亮的光芒，她認為這是一種剛剛喜歡上一個人的跡象。

放假回家時，他們幾乎仍舊簡訊不斷，除了講講笑話，還稍微聊聊每天做了什麼。他們開始互道早安晚安，當她問他一個問題時，他沒有馬上回答，她就會感到一陣焦急的渴望。

她得知羅伯特有兩隻貓，叫牧和揚*，他們一同想出了一個複雜的情節：她小時候養的貓皮塔會發訊息跟揚調情，但每次跟牧說話時都是一本正經，很冷淡，因為她嫉妒牧和揚的關係。

「妳怎麼整天都在發訊息？」晚餐時瑪歌的繼父問她。「是不是在談戀愛啊？」

「是啊，」瑪歌說，「他叫羅伯特，我在電影院認識的，我們在談戀愛，很可能會結婚哦。」

「哦，」繼父說，「那跟他說我們有問題要問他。」

我爸媽在問你的事耶，瑪歌傳了簡訊。羅伯特回她一個雙眼是愛心的笑臉符號。

◆

回學校後，瑪歌很想再見到羅伯特，但沒想到他很難約。**對不起，這週工作很忙**，他回答說，**我保證很快就去找妳**。瑪歌不喜歡這樣，感覺形勢已經對她不利，所以他終於約她去看電影時，她馬上就答應了。

他想看的電影也在她打工的戲院上映，但她建議改去郊區那家影城，學生很少去那裡，因為開車才到得了。羅伯特開了一輛沾滿泥巴的白色Civic來接她，杯架裡的糖果紙都滿出來。一路上，他比她預期的還要安靜，也不怎麼看她。不到五分鐘，她就覺得渾身不自在，開上高速公路後，她突然閃過一個念頭：他可以把她帶到哪裡先姦後殺，畢竟自己對他幾乎是一無所知。

*編按：原文為「Mu」和「Yan」，出處可能來自伊藤潤二的漫畫。

就在她這麼想的時候，他開口了：「放心，我不會殺了你的。」她懷疑車上的尷尬氣氛是她所造成的，因為她又拘謹又神經兮兮，好像是那種每次約會都幻想自己會遇害的女孩。

「沒差——想殺就殺啊。」她說。他笑了，拍了拍她的膝蓋，但還是沉默得教人不安，她不停製造話題，但所有招數對他都沒用。到了戲院，他跟販賣部的收銀員開了一個有關紅藤的玩笑，結果笑話很難笑，搞得在場的人都好尷尬，尤其是瑪歌。

看電影時，他沒有牽她的手，也沒有摟著她的肩，所以當他們回到停車場時，她篤定他改變了心意，對她沒興趣了。她穿了貼腿褲和運動衫，也許就是問題所在。她鑽進車時，他說：「很高興看到妳特意為了我梳妝打扮。」她原本以為這只是開玩笑，但也許她真的冒犯了人家，好像沒有把約會當一回事什麼的。他穿的是卡其褲和扣領襯衫。

「那麼，想去喝一杯嗎？」他回到車上後問，好像表現禮貌是一種強加在他身上的義務。瑪歌覺得他顯然希望她說不，而拒絕了他的建議後，他們以後都不會再說話了。這個結局讓她難過，倒不是因為她想繼續跟他在一起，而是因為她假期期間對他抱著那麼高的期待，如果一下就吹了好像不公平。

「我想我們可以去喝一杯吧？」她說。

「妳想去就去吧，」他說。「妳想去就去吧」，這回答真是教人不爽，她一語不發坐在車裡，直到他戳戳她的大腿說：「妳在不高興什麼啊？」

「我沒有不高興，」她說，「就是有點累而已。」

「我可以送妳回去。」

「不用，我需要喝一杯，看了那部電影。」雖然是在主流電影院上映，他選的片子描述二戰的大屠殺，看完以後心情很差，對第一次約會來說超級不適合，所以他提議時，她還回說：**哈哈，你認真的？**於是他開了個玩笑，說抱歉錯估了她的品味，他可以改帶她去看浪漫喜劇。但現在她提到那部電影，他竟然有點退避的樣子，她對這晚的事就有了一個全新的解釋。她懷疑也許他是想要博得她的好感，才建議來看大屠殺的電影，因為他大概以為她是在藝術電影院工作的那種人，但不知道要打動那種人，大屠殺電影這類「嚴肅」電影是錯誤的選擇。她想，也許她傳**哈哈，你認真的？**傷了他，嚇到他，讓他覺得在她身邊不自在。想到他心靈可能很脆弱，她受到觸動，覺得要對他比之前一整晚更好。

他問她想去哪裡喝，她說出她常去的地方，他卻做了個鬼臉，說那在學生街，他帶她去更好的地方。他們去了一間她沒去過的酒吧，那種非法的地下酒吧，沒有招牌表明它的存在。進去要排隊，她越等越不安，盤算著要怎麼跟他說她得告訴他的那件事，但遲遲說不出來，所以當保鑣要求看身分證件時，她就遞給了他。保鑣幾乎也沒什麼看，只是嘿嘿笑著說：「是啊，不行。」就揮手叫她到邊上去，朝隊伍裡的下一組人打手勢。

羅伯特走在她前頭，沒注意到後面發生的狀況。「羅伯特。」她輕輕喊著。但他沒有轉頭，最後隊伍裡面有個一直注意的人拍拍他的肩膀，又指著困在人行道上的她。

他回到她身邊，她窘迫地站著。「對不起！」她說，「好丟臉。」

「妳多大？」他問。

「我二十。」她說。

「哦，」他說，「我以為妳說妳年紀更大一些呢。」

「我和你說我大二啊！」她說。站在酒吧外頭，當著所有人面被拒絕已經夠丟人了，現在羅伯特還盯著她，一副她做錯了什麼事的樣子。「但妳不是那個——那叫什麼？休學一年去充電。」他表示抗議，好像他吵得贏這場架。

「我不知道能和你說什麼，」她無助地說，「反正我就二十。」接下來很可笑，她開始覺得眼淚刺痛了眼睛，因為不知怎麼搞的，一切都毀了，她不明白為什麼約個會這麼難。

可是，當羅伯特看到她的臉皺成一團，神奇的事發生了。他所有緊繃的神經都鬆弛下來，他站直身體，用大熊一樣的手臂摟住她。「哦，親愛的，」他說，「哦，寶貝，沒關係，沒事的，別不開心了。」她讓自己依偎著他，在7-Eleven外頭的那種感受又湧上心頭——她是一個又嬌弱又寶貴的東西，他擔心會把它弄壞。他親吻她的頭頂，她破涕為笑，擦乾了眼淚。

「真不敢相信我會為了進不去酒吧就哭了，」她說，「你一定認為我很白痴吧。」但從他注視她的眼神，她知道他並沒有那樣想；在他的眼中，她看得到自己的模樣是多麼美，在蒼白的街燈下，笑中帶淚，幾片雪花飄落下來。

這時，他吻了她，真的吻在嘴唇上。他以一種衝刺的動作撲來，幾乎朝著她的喉嚨發射舌頭，這是一個可怕的吻，非常的可怕；瑪歌很難相信一個成年男人的接吻技巧可以這麼差。雖然很糟糕，卻莫名讓她對他又產生一種溫柔的感覺，覺得即使他比她年紀大，她也是知道他所不知道的事。吻完後，他緊緊牽著她的手，帶她去另一家酒吧，裡面有撞球桌和彈珠檯，地板上有木屑，門口沒人檢查身分證件。在一個雅座中，她看到在她大一英語課擔任助教的研究生。

「幫你點伏特加蘇打嗎？」羅伯特問。她猜他可能拿女大學生愛喝的飲料開玩笑，但她沒喝過伏特加蘇打。對於要點什麼，她其實有點焦慮，在她去的那種地方，他們只會在吧檯檢查身分證件，所以滿二十一歲或者拿有用的假證件的人通常會拿幾大壺藍帶啤酒或百威淡啤回來，大家一塊分享。她不確定羅伯特會不會拿這幾個牌子開玩笑，所以沒有具體指明，只說：「我就來杯啤酒吧。」

前方有酒，後頭又有那個吻做後盾，加上也許因為她剛剛哭過，羅伯特變得放鬆許多，更像她通過簡訊認識的那個風趣男人。他們聊天時，她越來越確定，她之前以為他生氣啦還是不滿啦，其實都是緊張，擔心她玩得不開心。他不停回到她一開始對那部電影的不屑，開開帶有影射意味的玩笑，仔細觀察她的反應。

他揶揄她有高雅的品味，說要給她留下深刻印象好難，因為她修了那麼多電影相關課程，其實他知道她只不過是暑修時上過一門電影課。他還打趣說，她和藝術電影院的員工八成會坐在一塊，嘲笑到主流電影院看電影的人，那裡甚至不供應酒水，有的電影院還搞成了IMAX-3D。他想像她自以為電影品味高人一等，拿這個虛構形象尋開心，瑪歌一路笑到底。不過他說的話似乎都不大公平，因為其實是她建議他們去優質十六影城看電影。雖然現在她明白了那說不定也傷到了羅伯特，她以為她很明顯只是不想去工作的地方約會，但或許他把這件事往心裡去，懷疑她覺得被人看見和他在一起會丟臉。她開始覺得更了解他了——他非常敏感，非常容易受傷——這讓她覺得離他更近了，也更有力量，因為一旦知道怎麼傷害他，她也就知道如何撫慰他。她對他所喜歡的電影提出一堆的問題，自嘲說覺得藝術電影院裡的電影無聊或看不懂；她告訴他，她那些年長的同事常恫嚇她，她有時擔心不夠聰明，對事情沒有自己的看法。這一番話對他的影響很明顯，而且立刻見效，她感覺好像在撫弄一隻又大又容易受到驚嚇的動物，一匹馬或一頭熊之類的，巧妙哄牠吃她手上的食物。

喝到第三杯啤酒，她想著跟羅伯特上床會是什麼感覺，很可能跟那個差勁的吻一樣，又笨拙又過頭，但想想他會多興奮，多急於討好她，她便覺得一陣欲望在腹中撩撥，像橡皮筋彈到皮膚那樣既清楚又疼痛。

他們喝完這一輪時，她大膽地說：「那麼我們該走了吧？」他一時間似乎很受傷，好像以為她想讓約會快點結束，但她握著他的手把他拉起來，他會意到她的意思時所露出的表情，以及跟著她離開酒吧的順從態度，又給了她那橡皮筋一彈的感覺——她握住的手掌是滑溜的，很奇怪，這件事也彈了她一下。

到了外頭，她湊過去索吻，但出乎她的意料之外，他只是啄了一下嘴。「妳喝醉了。」他責備地說。

「沒，我沒醉。」雖然這麼說，她其實醉了。她把身體靠在他的身上，覺得自己在他身邊很嬌小，他打著哆嗦，發出巨大的歎息，彷彿她是什麼太過明亮、看了會痛苦的東西，也很性感，是無法抗拒的誘惑。

「我送妳回家，小東西。」說著他帶著她上車了。一坐進去，她卻又靠到他身上。沒多久，他舌頭攪到她的喉嚨深處，她稍微往後退開，讓他用她喜歡的溫柔方式親吻她。跨坐在他身上不久後，她就感覺到他貼著褲子勃起的木頭，它在她的身體底下擺晃時，他就會發出一種顫抖尖銳的呻吟，她不禁覺得有點誇張。接著，他突然把她推開，轉動鑰匙，發動了車子。

「怎麼跟青少年一樣在汽車前座親熱啊，」他假裝厭惡地說。接著他又說：「你這年紀不適合做那種事，都二十了。」

她對他吐了吐舌頭，「那麼，你想去哪裡？」

「妳那裡？」

「嗯，不行，因為我有室友欸。」

「噢，對，妳住宿舍。」他說，好像她應該為此道歉。
「你住哪裡？」她問。
「我住一間獨棟的。」
「我能……去嗎？」
「可以。」

◆

房子離校區不遠，坐落在一個長有樹木的美麗社區，門口掛著歡樂的白色小燈串。下車前，他像發出警告，悄悄地說：「先跟妳說一聲，我有養貓。」
「我知道，」她說，「我們聊過了，記得嗎？」
到了前門，他找鑰匙找了老半天，找了好久好久，還壓著嗓子罵粗話。她摸摸他的背部，想繼續保持氣氛，但這動作似乎反而讓他更焦急，所以她就停手了。
「好，這是我家。」他推開門平淡地說。
他們走進去的房間光線昏暗，東西很多，當她眼睛適應光線後，一切變得熟悉起來。他有兩個滿滿的大書櫃，一架子的黑膠唱片，一系列的桌遊，還有很多藝術作品——起碼是裱了框掛起來的海報，不是用圖釘或膠帶固定在牆上。
「我喜歡這裡。」她說，這是實話。說這句話時，她發現自己鬆了一口氣。

她突然想到自己從來沒去過別人家做愛，因為她只和同齡的男生約會，總有偷偷摸摸的成分，要避開室友。完完全全在另一個人的地盤上是新鮮事，也有點可怕。羅伯特的家證明了他和她有共同的興趣，即使只是非常概括的分類——藝術、遊戲、書、音樂——這也讓她覺得自己的選擇有了令人安心的背書。

當她想著這些時，看到羅伯特正在認真地看她，觀察房間給她留下的印象。恐懼還未完全準備好要放開她，她短暫冒出一個瘋狂的念頭，也許這根本不是一個房間，而是一個陷阱，目的是要引誘她誤以為羅伯特是一個正常人，一個喜歡她的人，其實其他的房間都是空的，或是充滿了驚悚的東西：屍體，肉票，或鍊條。但他開始吻她，把她的包包和他們的大衣扔到沙發上，領她進入臥房，一面摸她的屁股，一面揉她的胸部，跟第一個吻同樣急切笨拙。

臥室不是空的，但東西比客廳少。他沒有床架，只有放在地上的床墊和下方的彈簧底座。櫃子上有一瓶威士忌，他喝了一大口後遞給她，接著跪下來打開筆記型電腦，這個舉動起先讓她疑惑，後來才明白原來他要放音樂。

瑪歌坐在床上，羅伯特脫下襯衫，解開褲子，把褲子褪到腳踝時才發現鞋子還穿在腳上，於是彎身解鞋帶。他笨手笨腳彎下腰，肚子又肥又鬆，還長滿了毛，瑪歌看到他這副德行，心想：噢，不會吧。但這件事是她起的頭，要怎麼讓它停下來呢？想到這個難題，她不知所措，她認為自己拿不出必要的機智和委婉。她不是害怕他會逼自己做她不願意的事，而是在她為了促成這件事做了那麼多動作後，又堅持他們現在停下來，會顯得她有公主病，很任性，就像是去餐廳點了東西，等食物送上桌，又改變主意要退回去一樣。

她喝了一小口威士忌，想要威迫她的抵抗屈服。他撲到她的身上，一張開口就是亂吻一通，一隻手呆板地劃過她的胸部，然後往下摸到胯部，好像正在畫一個錯誤的十字聖號。這時她開始呼吸困難，覺得可能真的做不來。

她從他沉重的身體底下掙脫出來，跨坐在他的身上，這樣算是有點幫助。閉上眼回憶他在7-Eleven親吻她額頭也有用。受到進步的鼓舞，她把上衣掀起從頭上脫下，羅伯特伸手從胸罩掏出一邊的乳房，於是乳房一半卡在裡面，一半露在罩杯外頭。他用拇指和食指揉搓她的乳頭，讓她很不舒服，所以她向前傾身，把自己推進他的手中。他收到暗示，想解開她的胸罩，卻搞不定背扣，那股明顯的挫折感讓人想起他死命找鑰匙的那一幕。最後他發出命令：「把那玩意脫掉。」她也順從地做了。

他看她的眼神比她在所有裸體相處過的男人臉上看到的表情還要誇張——也不是很多，總共六個，羅伯特是第七個。他驚豔得目瞪口呆，一臉傻呼呼的模樣，像是喝奶喝到陶醉的嬰兒，她想也許這是性愛中她最喜歡的部分——露出那種表情的男人。比起其他男人，羅伯特對她表現出更多公然的渴望，儘管他年紀較大，一定比其他人見過更多乳房，更多身材——但也許這也是他露出這個表情的原因，他年紀較大，而她仍然青春。

他們接吻時，她發現自己陷入一種絕對自負的幻想而忘了形，甚至不敢對自己承認自己有這樣的幻想。看看這個美麗的女孩，她想像他這麼想著，她是多麼完美，身材完美，她的一切都無可挑剔，她才二十歲，皮膚光滑無瑕，我好想要她，全世界我就要她，為了要她，死也可以。

她越是想像他的興奮，自己也就越興奮，很快他們就纏成一團，形成一種節奏。她把手伸進他的內褲，抓住他的陰莖，感覺頂端溼氣凝成了珠狀的水滴。他又發出那種聲音，嬌柔的尖銳哀嚎，她真希望有什麼辦法能叫他別那樣喊了，卻想不出有什麼法子。接著他的手伸進她的內褲，當他發現她溼了時，明顯地鬆了一口氣。他手指伸進去動了幾下，非常輕柔，她咬著嘴唇配合演出。但他後來摳得太用力，她痛得縮了一下，他就火速把手收回。「對不起！」他說。

然後，他急切地問：「等等，妳之前做過嗎？」

那個晚上真的很古怪，前所未有，所以她第一個衝動是說沒有，但後來明白了他的意思就不禁大笑。

她不是故意要笑的。她已經很清楚，羅伯特喜歡成為溫柔調戲的對象，但不是一個能從他人嘲笑中得到樂趣的人，一點也不能。但她就是忍不住。她破處的過程非常漫長，先是和她交往兩年的男朋友激烈討論了幾個月，還去看了婦科，又跟她媽媽有了一段超級尷尬但終究是非常有意義的對話。媽媽最後不只替她在一間B&B訂房間，事後還寫了張卡片給她。沒有經過那一整個複雜又情緒波動的過程，而只是看了一場做作的大屠殺電影，喝下三杯啤酒，就隨便進屋把初夜給一個在電影院認識的傢伙——這個想法太好笑了，她突然笑到停不下來，甚至笑得有點逼近歇斯底里。

「不好意思，」羅伯特冷冷地說，「我不知道。」

她頓時停止了笑。「不是，是……你這樣確認這件事，很好，」她說，「我以前做過，對不起我剛剛笑了。」

「你不需要道歉。」他說。但從他的臉色及在他底下軟掉的事實，她知道她需要道歉。

「對不起，」她又下意識說了一次。接著，她突然靈機一動。「我想我只是緊張還是什麼啦？」他瞇起眼睛看著她，一副懷疑的樣子，但這句話似乎撫慰了他。

「妳不用緊張，」他說，「我們慢慢來。」

對對對，她心想。然後他又到她的上面親她，壓得她動也動不了，她知道享受這次邂逅的最後機會已經消失了，但她會堅持到結束。羅伯特脫個精光，戴上保險套，老二有半根藏在可以當擱板的毛茸茸肚子下，她覺得一陣反感，認為那畫面可能使她真的突破被釘死的困滯狀態。但他又把手指塞到她的身體裡，這次一點也不溫柔，她想像自己光著身體，四肢伸開躺著，肥老頭的手指在她的身體裡，反感竟轉為自我厭惡，以及一種與性興奮有關但有悖常情的恥辱感。

做的過程中，他粗魯地把她翻來推去，換了一連串的姿勢，很有效率。她又覺得自己像個洋娃娃，就像她在7-Eleven外頭，但已經不是寶貴的了——而是橡膠做的洋娃娃，耐凹耐折，彈性極佳，是他腦中電影的道具。她在上面時，他拍著她的大腿，喊著：「對，對，妳超愛的吧。」那口吻讓人無法分辨是問句、評論還是命令。他又把她翻過去，在她耳邊咆哮：「我一直就想幹個奶子正的妹。」她只好把臉埋在枕頭裡，否則又會忍不住笑了。最後他在上面用傳教士體位，軟了好幾次，每次一軟，就囂張地說：「妳讓我好硬啊。」好像說謊能讓他的話成真一樣。終於，在一陣兔子似的狂亂衝刺後，他打了個冷顫，來了。接著，他像一棵樹仆倒在她的身上。被壓在底下，她有了個妙悟：**這是我人生最失敗的決定！**她還讚佩自己一下，讚佩這個人剛剛莫名其妙做了這件無法解釋的怪事。

沒多久，羅伯特就起身，弓著腿搖搖晃晃往浴室衝去，手裡抓著保險套以防掉落。瑪歌躺在床上盯著天花板，頭一次注意到上頭有貼紙，在黑暗中應該會發光的小星星小月亮。羅伯特從浴室回來，背著光站在門口。「妳現在想做什麼？」他問她。

「我們應該要自殺吧。」她想像自己這麼說，又想像在某個地方，在宇宙某處，有個男孩像她一樣覺得這一刻又糟糕又超級好笑。在遙遠未來的某一刻，她告訴男孩這段故事，她說：「然後他說：『妳讓我好硬啊。』」男孩發出痛苦的尖叫，抓著她的腿說：『我的天啊，別再說了，拜託，不要，我受不了了。』兩個人就抱在一塊，笑個沒完沒了——但當然沒有這樣的未來，因為沒有這樣的男孩存在，他永遠不會存在。

所以她只是聳了聳肩膀。羅伯特說：「我們可以看電影。」他走到電腦前下載了什麼，她沒有注意。不知道為什麼，他選了一部有字幕的電影，而她始終閉著眼睛，不知道在演什麼。從頭到尾他都撫摸她的頭髮，親吻她的肩膀，彷彿忘了十分鐘前他把她甩來甩去，好像他們在演A片，還對著她的耳朵咆哮：「我一直就想幹個奶子正的妹。」

接著，不知怎麼搞的，他開始講起對她的感覺。他說她放假回家時他好難受，怕她有高中時代的舊男友，回家後可能會重新搭上線。在那兩週內，他腦中上演著秘密小劇場，戲中她離開學校前已經對他、對羅伯特表態了，但回到家就被高中男友勾回去，在羅伯特的幻想中，那傢伙是個帥氣粗魯的運動健將，配不上她，但仗著他在薩林老家階層頂端的地位，仍舊很有魅力。「我好怕妳做出錯誤的決定，妳回來以後，我們之間就不一樣了，」他說，「但我應該信任妳的。」我的高中男友是同性戀啊，瑪歌幻想這樣告訴他，我們在高中時就滿確定的，但他上大學到處跟人滾床單後，就完全認定了。老實講，他其實不能百分百確定自己是男人，放假時我們花了很多時間討論他公開承認自己是非二元性別者會怎樣，所以跟他是不可能做的。你當時擔心的話，可以問我啊，你可以問我很多事。

但她什麼都沒說，只是靜靜躺著，散發出一種令人討厭的陰沉氣息。羅伯特說話聲終於越來越小。「妳還醒著嗎？」他問。她回答醒著，他說：「還好嗎？」

「你到底幾歲？」她問他。

「我三十四，」他說，「有問題嗎？」

她感覺到他在身邊的黑暗中害怕顫抖。「不，」她說，「沒事。」

「很好，」他說，「我早想跟妳提，但我不知道妳會怎麼想。」他翻了個身，吻了吻她的額頭，她感覺像是一條被他撒了鹽的鼻涕蟲，在那一吻之下分解了。

她看了看鐘，快凌晨三點了。「也許我該回家了。」她說。

「真的？」他說，「我還以為妳會過夜，我做的炒蛋超好吃的！」

「謝謝。」她邊說邊穿上貼腿褲。「但我不行，我室友會擔心，所以……」

「一定要回去宿舍呢。」他用酸溜溜的語氣說。

「是的，」她說，「畢竟我住在那裡。」

回程真是無止無盡。雪化成了雨水，他們一路無語。羅伯特最後把收音機轉到公共廣播電臺的深夜節目。瑪歌回想起他們一開始走高速公路去看電影時，她幻想羅伯特可能會殺她，心想**也許他現在會殺了我**。

他沒有殺她，他開車送她回去宿舍。「今晚我非常愉快。」他一面說，一面解開安全帶。

「謝謝，」她說。她把袋子緊緊攥在手中。「我也是。」

「我好高興我們終於出門約會了。」他說。

「約會，」她對想像中的男朋友說，「他說這是約會。」他們兩人又笑個不停。

「不客氣。」她一面說，一面伸手去握門把。「謝謝你的電影和那些有的沒的。」

「等一等。」他說著抓住了她的手臂。「過來。」他把她拖回到懷中，最後一回把舌頭伸進她的喉嚨。「噢，我的老天，什麼時候要結束啊？」她問假想的男友，但假想的男友沒有回答她。

「晚安。」她說。她奪門而出，回到寢室時，他的訊息已經來了：沒有文字，只有愛心和有愛心眼的臉，還莫名其妙加了一隻海豚。

◆

她睡了十二個小時，醒來後去餐廳吃了鬆餅，上Netflix瘋狂追一齣偵探劇，期盼她不用做任何動作他就會自行消失，靠著意志力就可以要他走開。吃完晚餐不久，他下一則簡訊終究來了，是一個關於紅藤的笑話，無傷大雅，她立刻把它刪了，還厭惡得起了一身雞皮疙瘩。不管他真的做過什麼，這樣的反應都太誇張了，她告訴自己至少應該給人家分手簡訊，搞神隱這招是不當的，又幼稚又殘忍。況且，就算她持續玩失蹤，誰知道他要多久才明白暗示？搞不好訊息還是一直來一直來，也許永遠停不下來。

她開始起草訊息內容——**謝謝你給我的美好時光，可我目前不想談感情**——但她不停閃爍其詞，表示歉意，補強她猜想他可能會鑽的漏洞（「沒關係，我也不想談感情，隨興的關係就好！」），訊息於是越寫越長，甚至更難發送出去。而在這段期間，他的訊息不停進來，沒有一則提到重要的事，一則比一則熱誠。她想像他躺在只是一張墊子的床鋪上，仔細精心敲出每則訊息。她想起他常常聊到他的貓，但在屋子裡她連貓影也沒看到，懷疑貓是他編的。

接下來，大約有一天左右的時間，她常常發現自己處於一種白日夢般的灰色情緒中，少了什麼東西，結果發現少的是羅伯特，不是羅伯特本人，而是放假期間想像在那些訊息另一頭的羅伯特。

嘿，看來妳真的很忙噢？他們上床後的第三天，羅伯特終於問了，她知道這是把打了一半的分手訊息送出的絕佳機會，而她非但沒發出去，還回覆說：**哈哈抱歉對啊**和**很快回你**。然後心想，我這是幹嘛啊？她真的不知道。

「就跟他說妳沒興趣啦！」瑪歌的室友塔瑪拉洩氣地大吼，瑪歌已經在她的床上躺了一個小時，猶猶豫豫，不知道該怎麼跟羅伯特說。

「只講那句話不夠，我們都上過床了。」瑪歌說。

「真的？」塔瑪拉說，「我是說，是真的嗎？」

「他是個好人，算是啦。」瑪歌一說完就開始懷疑這句話的真實度。突然間，塔瑪拉衝了過來，搶走瑪歌手上的手機，拿得遠遠的，大拇指在螢幕上敲來敲去。塔瑪拉把手機丟回床上，瑪歌連忙撿起來，一眼就看到塔瑪拉打的內容：**哈囉，我對你沒興趣，別再給我訊息。**

「糟糕，我的天。」瑪歌說，突然覺得呼吸困難。

「什麼？」塔瑪拉大膽地說，「這有什麼？這是事實。」

但她們都知道這事可大了，瑪歌害怕得肚子緊糾起來，覺得快要吐了。她想像羅伯特拿起手機看到訊息，然後像玻璃碎了滿地。

「冷靜冷靜，我們去喝一杯。」塔瑪拉說。她們去了一家酒吧，共飲一大壺啤酒，瑪歌的手機始終放在兩人之間的桌面上，雖然她們想要忽視手機的存在，手機發出訊息送達的鈴聲時，她們還是發出尖叫，抓住對方的胳膊。

「我不敢看——妳去看。」瑪歌一面說，一面把手機推給塔瑪拉。「訊息是妳發的，都是妳的錯啦。」但回訊只說：**好吧，瑪歌，知道這件事很不好受，希望我沒做什麼讓妳不開心的事，妳是一個可愛的女孩，我真的很享受我們在一起的時光，如果妳改變心意，請告訴我。**

瑪歌趴倒在桌上，把頭埋在手裡。她感覺被她的鮮血餵得又重又腫的水蛭終於從她的皮膚上彈開了，留下一個一碰就會痛的瘀青。但她為什麼有這種感覺呢？也許她這樣對待羅伯特不公平，他也沒做錯什麼，只不過就是喜歡她，床上技術差勁，還可能騙她有養貓，但貓說不定是在另一個房間。不過一個月後，她在酒吧看到他——她的酒吧，在學生街的酒吧，就是他們約會那天她建議去的酒吧。他一個人，坐在後頭的桌子，沒有看書或玩手機，只是安靜地坐在那裡，彎腰喝著啤酒。

她拉住身邊的朋友，一個叫亞伯特的傢伙。「噢，我的天，是他，」她低聲說，「電影院那傢伙！」那時亞伯特已經聽過了故事的一個版本，但不是百分之百真實的那個版本；她的朋友圈幾乎都聽過了。亞伯特走到她的前面，擋住羅伯特的視線，兩人急忙跑回到朋友坐的那一桌。當瑪歌宣布羅伯特在那裡時，人人都發出一聲驚呼，團團將她包圍，護送她離開酒吧，好像她是總統，而他們是特勤人員。太誇張了，她懷疑自己這麼做很惡劣，但她是真的覺得噁心害怕。那一晚她和塔瑪拉窩在她的床上，手機的光如同營火照亮她們的臉龐，瑪歌一收到訊息就打開來看：**嗨，瑪歌，我今晚在酒吧看到妳了，我知道你說不要發訊息給妳，但我只想說妳看起來真的很漂亮，希望妳一切順利！**

我知道我不該這麼說，但我真的好想妳

嘿，也許我沒有資格問，但我希望妳告訴我哪裡做措了

***錯**

我感覺我們之間挺合的，難道妳不那麼認為……

也許我對妳來說年紀太大，也許妳喜歡別人

今晚跟妳在一起的人是妳男朋友嗎

？？？

還是只是妳的炮友

不好意思

我問妳是不是處女時，妳笑了，是因為妳跟很多男人上過嗎

妳正在跟那個傢伙打炮嗎

是不是

是不是

是不是

回答我

婊子。

一個好人

The Good Guy

到了三十五歲時，泰德要能夠硬起來並且在性交過程維持下去，只有一招，那就是假裝他的老二是把刀，他操的那個女人正在拿刀子捅自己。

他並非什麼連環殺手，無論在幻想中還是現實生活中，鮮血都不會撩起他的性欲。況且，這個情節的關鍵在於，是女人**選擇**捅她自己的。構想是這樣的：她超哈他的，對他的老二有一種簡直要把她逼瘋的強烈生理欲望，儘管會帶來痛苦，她還是不得已用它刺穿自己。扮演積極角色的是她，她在上頭狂烈地扭腰擺臀，他只是躺在那裡，將她的呻吟與臉部抽搐，盡力理解為痛苦的鉗夾讓她困於愉悅和痛苦之間。

他知道，這個幻想不是什麼好事。沒錯，他想像的場景表面上是兩廂情願，但你不能忽視潛在的攻擊主題。當關係的品質下降時，他對幻想的依賴會增加，這同樣讓人無法安心。二十多歲時，泰德不覺得分手是件很痛苦的事，他的風流韻事沒有一段能維持超過幾個月，當他告訴他約會的女人他沒有定下來的打算，她們似乎都相信他——至少相信他既然說了這種話，他要是最後確實做了壞事，她們也不能譴責他。但是，等到了三十多歲，這個策略不再奏效，常常他以為和一個女人講好要分手，結果不久她又給他傳來了簡訊，告訴他很想他，她還是不明白他們之間發生了什麼，她想談一談。

因此，一個十一月的夜晚，離他三十六歲生日還有兩週的時候，泰德發現自己坐在一張桌子旁，對面有個叫安琪拉的哭泣女人。安琪拉是房地產經紀人，長得漂亮，人又光鮮亮麗，戴著閃閃發光的吊燈型耳環，頭髮做了昂貴的挑染。如同他過去幾年約會過的所有女人，從任何客觀的基準來說，安琪拉是高不可攀的。她比他高兩英寸，她有房子，她會用蛤蜊醬做出超好吃的寬麵，她知道怎麼使用精油推拿背部，還發誓精油會改變他的生活，事實也確實如此。兩個多月前，他跟她分手了，之後簡訊和電話卻仍舊沒完沒了，所以他答應再一次面對面，希望能獲得一些安寧。

那天晚上，安琪拉一開始就興致勃勃聊著她的度假計畫、誇張的工作事件和她與「女孩們」的冒險經歷，表演出一種快樂的模樣，顯然是故意要讓他明白自己錯過了什麼，搞得他也跟著尷尬起來，坐立難安。到了第二十分鐘時，她就哭得像個淚人了。

「我就是**不明白**。」她哭著說。

接下來是一場毫無希望的荒唐對話，她堅持他對她有感情，只是隱瞞著，而他堅持——盡可能地保持客氣——說他沒有。在哭哭啼啼中，她列出他的感情證據：有一次他替她把早餐送到床上，有一次他說「我想妳真的會喜歡我妹」，她的小狗棉花糖生病時，他非常溫柔地照顧牠。問題似乎是，他一開始就告訴安琪拉，他並沒有定下來的打算，卻又對安琪拉很好，讓人家覺得很困惑。顯然他應該叫她要吃早餐自己去弄，讓她明白她是不大可能有機會見到他妹，同時在棉花糖嘔吐時對牠超級壞，那麼棉花糖和安琪拉都會明白自己的地位。

「對不起。」他一遍又一遍地說，其實說了也沒用。他不承認偷偷愛著安琪拉，安琪拉就生氣，罵他是自戀狂，感情發展受挫，是一個長不大的男人。她說「你真的傷了我的心」和「事實上，我替你感到難過」，她宣布「我**愛上**了你」。他則很窘地坐在那裡，彷彿那句聲明詛咒了他。但安琪拉顯然並不愛他，她認為他是一個感情發展受挫又長不大的男人，她根本沒有那麼喜歡他。當然，面對這一切，他很難覺得自我道德高尚，因為他知道接下來會發生什麼事，因為這不是他首度與女人進行這樣的對話。甚至也不是第三次，或第五次，或第十次。

安琪拉繼續啜泣，一個完美悲慘的形象：紅通通的眼睛，起伏不定的胸膛，睫毛膏弄髒的臉龐。看著她，泰德明白到自己不能再這樣做了，他不能再道歉，不能繼續這種自貶身分的儀式了。他要告訴她真相。

下一次安琪拉停下來喘氣時，泰德說：「妳知道這都不是我的錯。」

停頓。

「**你說什麼？**」安琪拉說。

「我一直對妳很誠實，」泰德說，「一直如此，我從一開始就告訴妳我想從這段關係得到什麼，妳本來可以相信我，卻認為妳比我還要了解我的感受。當我說我想要隨興的關係，妳說謊說妳也想要同樣的東西，然後立刻開始盡妳一切所能把它變成另一樣東西。當妳沒能把我們之間變成一段認真的關係——那是妳要的東西，我不要——妳就受傷了。我察覺到了，但傷害妳的人不是我，是妳，不是我，我只是——只是——妳用來傷害自己的工具！」

安琪拉輕輕咳了一聲，像是挨了一拳似的。「去你的，泰德。」她說。她把椅子往後推，預備要衝出餐廳。離去之前，她拿起一杯冰水朝他潑去——不只水而已，而是裝得滿滿的整個杯子。玻璃杯——其實更像是平底酒杯——啪一聲砸中泰德的額頭，掉在他的大腿上。

泰德低頭看著碎裂的平底酒杯，好吧，也許他早該想到的，因為他是要騙誰呢？這麼多哭泣的女人，不管她們的指控聽起來多麼不公平，對他的看法不可能是有錯的。他舉起手摸了一下額頭，手指變成紅色的，他在流血，太棒了。還有，胯下真的真的很冷。其實，當冰水滲過褲子後，他的老二甚至比頭還要痛，也許應該立法限制餐廳的冰水不能低於多少度，就像限制麥當勞的熱咖啡不能高於多少度。也許他的老二凍傷了，萎縮了，脫落了，然後每個他約會過的人齊聚一堂替安琪拉舉辦派對，這名無畏的女英雄結束了他對紐約單身女子的恐怖統治。

哇，他流的血多過他原本以為的，額頭流出來的血太多了，他褲襠的水都開始變成粉紅色了。有人跑來，但他聽到的聲音有點慌亂，聽不清楚他們在說什麼，可能是類似這樣的臺詞：活該，王八蛋。他記得在安琪拉用玻璃杯砸他之前他說了什麼——**我只是妳用來傷害自己的工具**——他好奇這是否跟那個老二戳刺的幻想有關，但他在流血，覺得好冷，可能有腦震盪，所以當時沒有能力想清楚。

◆

他並非一直都是這樣的。

在成長過程中，泰德是那種書呆子型的小男孩，被女老師形容為「討人喜歡」。他是討人喜歡，至少在女人眼中是如此。在童年和青春期初期，他飄飄盪盪暗戀過好幾個比他年紀大又遙不可及的女孩：表姊，保母，他姊姊的密友。這些暗戀總是由一個小小的關注之禮激發的——一句不重要的讚美，對他的笑話發出由衷的笑聲，記得他的名字。這些暗戀不僅完全沒有公然或經過昇華的侵犯行為，恰好還相反，現在回想起來，它們純潔無比。比如，在一個反覆出現的白日夢中，他幻想自己是表姊的丈夫，一面準備早餐，一面在廚房緩緩走動。他繫著圍裙，哼著小曲，把新鮮的柳橙汁擠進大水壺中，攪拌鬆餅麵糊，煎蛋，將一朵小雛菊插入白色小花瓶。他把托盤拿到樓上的臥房，坐在床邊，表姊在手工縫製的被褥下打盹。「起床囉！」他說。表姊張大眼睛，坐起身來，被子一滑，露出了她裸露的胸部。

就這樣！這就是全部的幻想。但這個幻想他懷抱了很久很久，而且全心全意投入（鬆餅裡要不要加巧克力豆？被子該是什麼顏色？要把托盤放在哪裡，才不會從床上掉下來呢？），使得阿姨姨丈的家中彌漫著一種情色的氣氛，連他成年以後，儘管表姊早成了女同性戀，移民到荷蘭，他也多年沒再見過她，他都還感受得到那氣氛。

縱使是在最瘋狂的幻想中，年幼的泰德也從來不許自己相信他的迷戀會得到回報。他不笨，不管他還可能是誰，他都不是那個人。他只希望他的愛情得到容忍，甚至獲得欣賞。他渴望獲許在他暗戀對象四周虔誠徘徊，不時輕輕碰她們一下，像蜜蜂掠過花朵那樣。

但真正的情況是，當泰德迷上新對象後，就開始對她如癡如狂，像毒蟲一樣笑著盯著人家瞧，編造理由去摸人家的頭髮，碰人家的小手。女孩免不了覺得退縮，由於某個難以理解的原因，泰德的喜愛會激發他的目標對象發自內心的強烈厭惡。

這些暗戀對象對他並不殘忍，吸引泰德的是那種很夢幻的女孩，她們對公然的殘酷深惡痛絕。相反地，也許是明白了她們先前的小小關注替泰德的不請自入打開了門徑，女孩會開始把自己關起來，制定大家都能理解的女子緊急禮儀，拒絕眼神接觸，只有必要時才和他說話，可以的話，盡量站在房間最遠的角落。她們躲在冷淡的禮貌堡壘之中，蹲伏下來等待，他多久才離開，她們就等待多久。

天啊，太可怕了。幾十年後想起這些暗戀，泰德羞得想死，因為最糟糕的是，即使他愛慕的女孩明顯由於他的關注而痛苦後，他還是非常渴望在她們的身邊，要讓她們開心。他在這個難題的魔爪下掙扎，希望以殘酷的自我懲罰來取得自我控制（脫光光站在鏡子前，強迫自己看著自己瘦巴巴的雙腿、凹癟的胸膛和小雞雞：**她討厭你，泰德，面對事實吧，所有女孩都討厭你，你很醜，你討人厭，你噁心巴拉**）。接著失去控制，發現自己半夜三點醒來，又沮喪又痛苦，在網路搜尋欄中輸入**娶表姊合法的州**，與他的希望玩著一場結束不了的打地鼠遊戲。

上高中前的那年夏天，與夏令營輔導員那段格外羞辱的插曲後，泰德獨自一人走了很長的路，思考著他的未來。事實：他又矮又醜，頭髮油膩，沒有女孩會喜歡他。事實：光是知道像泰德這樣噁心的人喜歡自己，就會讓女孩子毛骨悚然。結論：如果他不想一輩子讓女人痛苦，需要找到不讓人知道他的迷戀方法。

於是，他就這麼做了。

就讀高一時，泰德創造一個嶄新的形象：快樂的無性人，完全沒有威脅，完全沒有一絲需求。這個泰德是一個在十四歲身體裡的十六歲喜劇演員，滑稽，懂得自嘲，太神經質了，所以不可能有實際的性欲。被逼問的話，這個泰德會宣稱他暗戀辛西亞．克拉色威斯基，宣稱愛上遙不可及的啦啦隊隊長，與宣稱愛上上帝本人無異。

有了這樣的偽裝，泰德得以自由自在跟真正喜歡的女孩交朋友，把全部的精力用在對她們好這件事上，完全不會透露出他想要的不只這樣。其實，他想要的也就**只有這樣**，真的，除了痛苦以外，他不信愛情能為他帶來什麼。跟女孩子做朋友更輕鬆，更快樂：陪她們聊天，聽她們講故事，開車接送她們，對她們說會讓她們咯咯笑的笑話，然後回家瘋狂自慰，把欲望驅逐到它們無法造成任何傷害的想像領域。

◆

上了高二，泰德所有浪漫能量集中在一個目標上，那就是安娜．崔維斯。她不只容忍他，還拿他當朋友。這是他新形象的魔力，只要泰德不讓她們知道他的感情，女孩子——至少其中幾個——會很喜歡他。

安娜比他受歡迎許多，但在愛情方面和泰德一樣無藥可救。九年級時，安娜和馬可約會了三週時間，馬可是足球運動員，從新生球隊升到校隊後，就把安娜給甩了，而安娜始終放不下。多年後，安娜仍有一個無法獲得滿足的願望，那就是想和任何願意傾聽的人談論馬可的事，因為其他人對這個話題都厭煩了（而且，提到這件事時，她的眼神變得很瘋狂，也許會使人有些不安），這話題的唯一對象就只有泰德了。

顯然，泰德並不想花幾個鐘頭，幫忙安娜分析馬可上週在走廊遇到她說「想妳，小妞」與捶她肩膀這件事……但還是做了，因為告訴安娜馬可甩了她非常愚蠢，她比馬可當週的新女友優秀太多太多，那會是他最接近坦承自己感情的時候。此外，安娜渴望馬可的情景替泰德的幻想提供燃料，在那些幻想中，安娜渴望的人是他。

幻想：三更半夜，泰德的電話響了。是安娜。

「安娜，」他說，「什麼事？一切都好嗎？」

「我在外面，」她說，「你能下來嗎？」

泰德穿上浴袍，打開門，安娜站在他家的門廊上，模樣很痛苦：頭髮凌亂，襯衫歪斜。「安娜？」他說。

安娜撲向泰德開始啜泣，他摟著她，拍拍她的背部，她的胸膛在他的胸膛上顫抖。「沒關係，安娜，」他說，「不管什麼事，都沒關係，我保證，噓，噓。」

「不！」她哭著說，「你不明白，我——」她想吻他，嘴唇熱情黏上他的嘴唇，但他抽開身子，她大受打擊，一顆心碎了。「拜託，」她說，「拜託，只要……」他僵硬地站在那裡，任由她把舌頭探進他的嘴裡。猶豫了一會兒，他回吻了，很溫柔地一吻，但又再次抽開身子。

「對不起，安娜，」他說，「我不明白，我以為我們只是朋友。」

她說：「我知道——我的意思是，我想保持那樣的關係，但我不能再躲避了，一直以來都是你，自始至終都是你，我知道你對我沒有那種感覺，我知道你愛辛西亞，我只是……如果你能給我一個機會，求你，求求你。」

接著她再次親吻他，把他推向臥室。他想要掙扎，說著「我真不想破壞我們之間的友情」一類的話，但她非常堅持，不停求他，解開他的長褲釦子，悄悄爬到他的身上，把他的手放在她的乳房上。兩人都光溜溜後，安娜用又崇拜又焦慮的眼神凝視他，還說：「告訴我你在想什麼。」他沉沉嘆了一口氣說：「沒什麼。」然後凝視著遠方。她說：「你在想辛西亞，對吧？」他說：「沒有。」但他們兩人都知道他在想她。安娜說：「我保證，泰德，只要你給我機會，我會讓你忘了辛西亞。」接著她就把頭滑到他的兩腿之間。

泰德常常在想，安娜對他的喜歡是否可能超過對一個朋友的喜歡，她不像自己喜歡她那樣喜歡自己，這是顯而易見的，她絕對不會出現在他家門口，為了受挫的感情而落淚，但是……也——許？偶爾她在沙發上坐得離他很近，她老是說服他約女孩子出門，這件事可能不是一個好兆頭，但當她在說服他的時候，會說「泰德，你比你以為的要可愛許多」和「能和你這樣男孩出去的女孩都很幸運」一類的話。所以，即便她不像他那樣**喜歡**，只要他把感覺告訴她，也許能夠觸發潛在的可能。但其中也有海森堡測不確定原理一類的東西存在，任何想要確認關係狀態的任何嚴肅企圖絕對會改變關係狀態——因為改變是可怕的，他百分之九十九確定安娜沒有那樣喜歡他，也絕對不會那樣喜歡他，所以他讓事情保持原狀，做一個善良友好但完全不誠實的泰德。

◆

安娜在學校高他一屆，將要就讀杜蘭大學，離家前往紐奧良的前一週，哄了她的父母為她辦了一場盛大的告別派對。派對是一場演出，目標觀眾只有一人，那就是馬可。精心設計的布景意圖展現出安娜最耀眼的光芒——耀眼，她的確耀眼到令人眼花的地步，穿著一件深V領的蕾絲短洋裝，蹬著高跟鞋，畫著濃濃的眼妝，黃褐色頭髮盤到頭頂。她讓自己圍繞在一群美麗女子中間，一夥人又哭又笑又鬧，擺出姿勢拍照，表現得歡樂無比，世界其他人都黯然失色。

泰德潛伏在派對邊緣自怨自艾。當安娜因為馬可而挫折，沒有精力出門時，他和安娜常常一對一相處。在這種時候，他們會坐在沙發上吃披薩聊天，安娜通常穿著運動褲。泰德很少見到她這模樣，不餘遺力宣傳自己的魅力。他痛苦地明白了自己在派對上的自然角色——阿諛奉承的朝臣——他不想扮演這樣的角色。或許他一直在騙自己，以為自己始終隱藏著感情，其實根本就是讓老二露在褲襠外走來走去，不知不覺暴露出自己的意圖。或許屋裡每個人都在想，哦，那就是泰德，他愛上了安娜，這不是很尷尬嗎，這不是很可愛嗎。安娜說不定也知道。

安娜當然知道。

泰德的自尊在內心發怒，砍入最柔軟的心頭肉。這是他頭一次對安娜生氣，氣她任由肉體資源——身高，五官對稱，踢足球的功夫——的隨機分配決定了他們兩人生活的結果。他比馬可聰明，比馬可善良，和安娜的共同點多於安娜和馬可的，他也比馬可更懂得讓安娜笑得更開心。但這些全都不重要，因為對她或對任何人來說，他**是**誰並不重要。

派對拖到很晚，開始散去時，剩餘的客人決定散步到海邊。泰德原本可以回家，卻留下來生悶氣。有人燃起營火，泰德坐在陰影中，看著火光在安娜的臉龐上閃爍不定，感覺內心深處有樣東西破碎了。他沒有要求，他只是想要小小滿足自己一下就好，但他在那裡又一次感覺受辱，感覺自己無足輕重。

安娜正在烤棉花糖，在炭火上旋轉著棉花糖，一副若有所思的模樣。她在短裙外搭了一件男孩子的運動衫，光裸的腿沾滿了沙子。風改變了方向，一縷煙朝她的方向吹去，她咳了幾聲，站起來，繞過火堆，撲通坐到泰德的身邊。

「在那邊呼吸困難。」她說。

「妳在派對上玩得開心嗎？」泰德問。

「還好。」安娜說。她嘆了口氣，大概是因為馬可提早走了，他只待了一個小時。看著表情跟他一樣孤獨的安娜，泰德懊悔自己幾分鐘前在生氣，他單戀安娜，安娜單戀馬可，馬可可能單戀一個他們都沒見過的某某某。世事無情，沒有人能凌駕另一個人。

他說：「妳看起來很漂亮，馬可那個白痴混蛋。」

「謝謝。」安娜說。她看樣子好像還要說什麼，但沒說，而是把頭靠在他的肩上，他伸出手臂摟著她。她閉上眼，靠在他的身上，他確定她睡著後，允許自己在她的前額吻了一下。她的皮膚有鹽和煙的味道。也許我錯了，泰德心想，也許這樣我就能滿足了。

◆

不幸的是，他不能。

泰德曾經希望，安娜離家上大學後，他對她的感情不會那樣折磨，結果非但沒有如此，隨著安娜在生活中的實際存在大幅縮減，泰德反而更清楚看到她在腦海中所占據的驚人空間。早上等待鬧鐘響起時，他會幻想懷裡抱著她，用鼻子蹭她的脖子。他起床的第一件事是檢查電子郵件，看看她這一晚有沒有發信給他。他整天篩選自己的生活，找出若干有趣的點滴，編成故事寫給她看。每當感到無聊或焦慮，他的大腦就自動分心去煩惱一個問題：他究竟能否讓安娜喜歡上他；他就像一條小狗，想從骨頭中挖出最後一丁點的骨髓。在夜裡那幾個小時，他的房間成了幻想中的色情電影的場景，他們兩人主演，偶有電影明星或同學客串。由於泰德和真實的安娜如今疏於聯絡，他感覺像在與一個想像出來的朋友談戀愛。

泰德不要過這樣的日子，卻又不知如何是好，猜想解決的辦法是迷戀上另一個人，一個可能也會喜歡他的人。碰巧這個可能不如一年前那樣異想天開了，儘管泰德仍舊又矮又土，但牙套拿掉了，剪了個不賴的髮型，而且這個他在生物課輔導的女孩子——一個叫瑞秋的高二女生——暗戀他到他再遲鈍也忽略不了的地步。

瑞秋一點也不吸引泰德，很瘦，頭髮又捲又粗。但他十七歲了，從來沒有跟女孩子牽過手，哪有資格訂定高標準呢？如果和瑞秋搞上床，也許他會對她開始產生感情，怪事常常會發生。此外，他不得不承認，和瑞秋約會不會損害他和安娜的機會——畢竟那種故事他聽得可多了，直到摯愛愛上別人的那一刻，女孩子才發現那人就在眼前。

所以，有天下午輔導結束後，泰德含糊地問瑞秋週末要做什麼，想不想出去玩。話才一出口，他就後悔了，但為時已晚，瑞秋立刻主導局勢，跟他要了電話號碼，也把自己的給了他。她告訴他在幾點幾分她會等他打來，當他乖乖打過去後，她讓他知道她那週末想看什麼電影，電影是幾點，他們事前應當在哪裡吃晚餐，然後告訴他她家怎麼走，讓他來接她。

他們走出電影院時，她已經在替日後出門玩做計畫了，聊著她很想試試第七街新開的泰國菜，他們不要忘記去看片頭預告的那部浪漫喜劇，泰德有沒有萬聖節計畫，因為她和她的朋友要玩主題打扮，歡迎他加入。

泰德超級不舒服，他不確定瑞秋是在跟誰約會，但應該不是他。這一次出門玩，他沒有任何的貢獻，在他看來，她就算帶個充氣娃娃去看電影，也會玩得同樣開心。他開車送她回家時，決定禮貌地讓她明白不會有第二次約會了，不用說，瑞秋會恨他甩了她，他也可能必須退出輔導計畫，但為了避免以後的尷尬，這樣做是值得的。他們沒有其他共同的活動，如果處理得宜，他可能再也不會見到她。

到了瑞秋家，他停下車，但沒有關掉引擎。

瑞秋解開安全帶說：「晚安。」但沒有要走的意思。

「晚安。」說著他靠過去想抱一下。他究竟有什麼責任呢？他們才約會一次，他到底有沒有**必要**明確跟她分手呢？他可以直接不做輔導，希望她會明白嗎？他拍拍瑞秋的背部，希望暗示**請別恨我，我很遺憾要對你做這件事**。這時，她卻雙手捧著他的臉頰，讓他臉維持不動，然後親了他的嘴。

泰德的初吻！這個衝擊讓他暫時把其他念頭都從腦中驅走。他愣住了，下巴掉下來了，瑞秋把舌頭鑽入他的嘴裡，在裡面扭來扭去。正當大腦趕上了身體時，他想起自己應該要回吻的。這時，她停下來，開始輕啄他的嘴唇。「像這樣。」她喘著氣說。他發現她把**教**他親吻這件事攬了下來，因為他分明是不會。羞愧的榔頭落下，把他擊倒了。呆頭呆腦卻什麼都會的瑞秋，放下了身段，教他接吻！

好吧，既然來不及避免蒙羞了，不妨把握這個機會學學吧。幾分鐘後，他覺得親吻也沒有那麼難，真的，不過絕對也沒有別人吹噓的那麼好。大致來說，不是不愉快的感覺，但也不會特別撩人欲望。瑞秋的眼鏡不停撞上他的鼻梁，這麼靠近看她很奇怪，她像是另一個人，比較蒼白，比較……模糊，不知怎麼有點像幅畫。他想要閉上眼睛，閉上又覺得不安，好像有人會偷偷摸摸從後面靠上來，準備朝他背部捅一刀。

那麼，這就是接吻。他不得不承認瑞秋似乎很投入，不停地搖晃嘆息。如果是在親吻安娜，他會更開心嗎？老實講，很難想像這種活動會令人興奮，兩塊沒有骨頭的肉纏來繞去，像一對鼻涕蟲在你嘴巴的洞裡交配。**噁心啊**，泰德。他是怎麼搞的？瑞秋的呼吸有爆米花奶油的味道，除了淡淡的金屬味，還有一絲卡在機器底部的焦油味。或者那是他的口氣？他不知道如何分辨。

瑞秋這時基本上是在他上頭，兩手移動，透露出探索的意味，也許是想要查明他是否硬了。不用說，他沒硬，他根本覺得老二可能溜進身體躲了起來。他沒硬會不會傷了瑞秋的心呢？他該不該試著幻想安娜，這樣就會硬了，這樣瑞秋就不會因為他沒有因為她硬而難過呢？不，那不是正確的做法。但瑞秋要什麼？她已經完全跨在他的身上，屁股蹭著他的膝蓋發出呻吟。她想做愛？當然不是，他們就停在她父母的房子外頭啊，她才高二啊，況且他是**泰德**。接受瑞秋在生物課輔導期間有點愛上他是一回事，認為他使她非常興奮想要那一根，所以準備在他的車子前座跟他來，那是另一回事啊。

但她對這檔事似乎很有興趣，兩人如此近距離肢體接觸，卻同時有著截然不同的感受，這簡直是一種存在層次的不安。

除非……她是在假裝熱情？如果不完全是假裝，那就是誇大了，誇大許多。但她為什麼要那樣做呢？假裝他用笨拙的舌頭讓她興奮，而他其實並沒有呢？

哦。

他一想到了答案，就發現答案其實很明顯。她知道他緊張，她想耐著性子讓他通過這一關。他的無能和不安恐怕遠從太空就能看出來，她假裝享受，這樣他才能放鬆，不再那樣拙於親吻。她是出於同情才假裝性興奮。

如果說他之前感覺老二鑽入身體，現在他感覺有兩噸重的鉛板從天而降，砸在他的胯部，讓他終身癱瘓了。

自盡吧，泰德，一個聲音在腦中響起。真的。

他可能會這麼做——直接跳下車，朝前頭最近的來車撲去——但瑞秋握起他的手，把它貼在自己的胸部上，他又感受到那種腦筋一片空白的震驚。瑞秋的胸部很小，但襯衫是低胸的，所以他摸到大片非常柔軟的皮膚。他試探地捏了捏，揉搓他確定是乳頭所在位置的地方，天啊，**在**那裡，揉了一秒後，乳頭從拇指底下冒出來。

哇。

如同跳下跳水板一樣，他閉上眼睛，把手鑽入她襯衫和胸罩底下，接著就不必再擔心不舉的問題了，因為他在掐捏的裸露乳頭是世上最猥褻最性感的東西。乳頭附加在一個他幾乎不認識的人身上，她的口氣像爆米花，顯而易見的假興奮對他們兩個都是侮辱，乳頭因此顯得更加猥褻更加性感了。

他再捏一下，用力了一點。她叫了一聲，但很快就恢復了。「噢，**天啊**，泰德。」她佯裝呻吟著。

接下來，他們約會了四個月。

回想過去，泰德認為瑞秋可說是他第一個待她不好的女人。沒錯，他是無意間讓幾個暗戀的對象不安，但他那時還是孩子，也努力控制著自己。他和安娜讀同一所學校時，他繞著她打轉的行為可能也有爭議之處——他應該向她坦承自己的感情，而不是在朋友領域上鬼鬼祟祟——他面對安娜是很懦弱沒錯，但也盡了全力對她好。而瑞秋呢……如果有地獄，而且他最後下了地獄，他肯定魔鬼會拿起瑞秋的照片，在他面前搖晃著說：「嘿，老兄，這個是怎麼一回事啊？」

但他不知道！真的，他真的不知道。

他們在一起的四個月，他對瑞秋的喜愛始終沒有多過首次約會時他對她的喜愛，她的一切都會激怒他：可笑的頭髮，鼻音，對他頤指氣使的習慣。想到有人說：「瑞秋來了，那是泰德的女朋友！」他就不禁畏縮起來。在她身上，他看到自己竭力壓抑的一切：阿諛奉承那些視她為糞土的人，對比她不受歡迎的人佯裝出貴族般的傲慢，用諷刺遠離她搭乘的社交飛機上的其他所有魯蛇魯妹。

跟他一樣，她也容易出現丟臉的身體災難——月事汙漬，口臭，無意間露出內褲的坐姿——但與他不同的是，這些狀況不會讓她無地自容，感覺到羞愧的是**他**。他曾經在走廊看見她在前頭，牛仔裙後面有一塊赭色痕跡，她卻從容走著。還有一回，瑞秋站得離珍妮佛・羅伯茲太近了，當她終於轉頭後，珍妮佛・羅伯茲在她後方搧著空氣，一臉嫌惡。在這種時刻，泰德不僅不喜歡瑞秋，他還**恨**她，比一生中恨任何人都要恨。

那麼，他為何不跟她分手呢？

獨自在家時，泰德知道他不喜歡瑞秋，不想和她約會，所以跟她分手似乎是很簡單的一件事，而且正確的事。但兩人碰面了，瑞秋一見到他，如果他稍有遲疑、閃避或臉色有那麼一丁點暗示著不對勁，她的表情就會垮下來。她一有生氣的跡象，泰德就覺得內疚，冷颼颼的恐懼湧上心頭。他會陷入一股信念的洪流中，相信自己是個徹頭徹尾的垃圾王八混蛋，他的罪惡連成一條斷不了的鏈條，一路回溯到他最初答應繼續再跟她約會一次就好的時候，而他始終一直是愛著安娜的。在內疚的煎熬下，他會決定不要直接面對瑞秋，在對不起她無數次後再對不起她一次，**不如**等待一個更合適的時機，比如她也許會自己提出分手，畢竟他又不是那麼優秀的對象。當然，如果他被動地等待著，她不久就會自行擺脫他還有一絲約會價值的錯覺，然後主動甩了他。因為有了這樣的決心，只要她暗示任何事時流露出深深的解脫感，他都會同意——於是，十分鐘後，或十五分鐘後，或一個小時後，他就會清醒過來心想，等等，我是要跟她分手的，為什麼我們坐在這家橄欖園餐廳吃午飯？

瑞秋喋喋不休，那朵憤怒的先兆黑雲消失了，幾秒前不可能結束關係的感覺似乎變得荒謬——但莫名其妙就跟她分手也似乎荒謬，他坐在那裡，一副一切都好的模樣，嘴裡說著「好啊，週日我陪妳去找妳表妹」一類的話，如果他在此刻——她麵包棒吃到一半的時候——要跟瑞秋分手，她會講的第一句話肯定是：「如果你知道你要跟我分手，為什麼**剛剛**答應週日要陪我去找表妹？」而他會回答不出來。

那麼，如果她問了呢，泰德？如果，她，問了，他難道就不能聳聳肩說：「哼，妳表妹很差勁，我改變主意了。」不行，他不能那樣做，因為那是只有混蛋才會做的事，他，泰德，不是混蛋，他是……一個好人。

是，好吧，大家都同意好人是最糟糕的，但這次不一樣。無法在用餐期間打斷瑞秋，毫無預警把她甩了——這不是「好人綜合症」，只是仁慈。那些時刻是他最同情瑞秋的時刻，想像一下那是什麼感覺：天真地跟一個表現得非常非常喜歡妳的人吃午餐，那人沒有給妳有什麼事讓他覺得不高興，結果突然不知怎麼搞的，**轟**，原來妳對他的看法完全錯了，他跟妳說的每一件事都是謊話。

泰德的一生中，他始終堅信自己遭到誤解——拒絕他的女孩以錯誤的方式待他，好像他有某種與生俱來的恐怖特質。他或許不是最帥的男人，但他並不壞，但他偶爾徹夜無眠，想像瑞秋把她的故事說給拒絕過她的女孩組成的特別法庭聽，用他的事來娛樂她們，說他是怎麼假裝喜歡她，其實並不喜歡，說他戴上「善良」面具，其實是個自私說謊的混蛋。他見到了所有的女孩，安娜也在其中，她們說震驚也沒那麼震驚，點頭同意，說當然，她們一直以來都知道他不對勁。

於是安娜在他腦中還扮演一個角色：隨時準備宣判罪行的陪審團女主席。和瑞秋的關係持續越久，他就越需要她帶著一個證明他無辜的故事回到想像的特別法庭上。他需要他的第一個女朋友不只是簡單地說，而是要相信，儘管他們之間沒有結果，他不恐怖，不嚇人，不惡劣，從根本上說，他是一個好人。

為了安撫這個想像版本的安娜，他與瑞秋繼續下去，他說謊。他把橄欖園的午餐吃完，他去找表妹，他為逃亡做好準備。他與瑞秋盡量保持距離，不會遠得惹她生氣，只要足以讓關係不會比目前更加嚴重就好。他不常給她打電話，他很忙，但總會為了忙碌而道歉。他做了他該做的事，僅此而已。他覺得自己有點像在裝死，保持著軟綿綿鬆垮垮的樣子，希望她終究會失去興趣走開。好吧，特別法庭最後這麼說，他不是**最好**的人，他不是聖人，但他不像馬可，為了自己的樂子，把女孩耍得團團轉，情況本來可能更糟，應該再給他一次機會，我們認為被告……還說得過去。

◆

但等等。就在木槌敲下前，有個聲音響起。

嗯？

有一件事，我有個問題。

說吧。

那性方面呢？

呃……那件事怎麼了？泰德和瑞秋沒有做愛，他想跟特別法庭澄清這一點。泰德**沒有**拿走瑞秋的童貞。（瑞秋也沒有拿走泰德的。）

他們有沒有搞過？

有，顯然有，他們約會了四個月。

他們搞**的時候**，泰德是不是「做了他該做的事，僅此而已」？是不是可以說他對瑞秋「裝死」？除此之外，跟她在一起時，他是不是彬彬有禮、略顯冷淡又孤僻呢？

呃，這個嘛，不是。

他是怎樣的人？

……

泰德，你是怎樣的人？

我……

你……？

我……有點……

嗯？

……壞。

壞？

壞。

◆

在泰德長大有性經驗前，在他精通「色情片中心」網站一系列性癖關鍵字、開始每年付費訂閱「愉虐性網站」的色情影片以前，「使壞」是他腦中用來形容他對（和）瑞秋所做的事的字眼，那股蠕動又迷人的動力。這個字眼比瑞秋更早就出現了，小時候他就是用這兩個字來形容某些類型的漫畫、卡通、電影和書籍，裡面的人對女孩「使壞」。神力女超人被鏈條綁在鐵軌上，他姊姊某本「南西．茱兒」系列偵探小說封面上，南西被塞住嘴巴綁在椅子上。

小泰德喜歡有人對女孩「使壞」的故事，但不表示他想要對她們**使**壞。當他想像自己置身於這些故事時——他很少這麼做——主要是滿足於旁觀故事發展，他，泰德，絕對不是會把女孩綁起來的那個人。不，他是**解救**她們的那個人。他鬆開繩索，揉揉她們的手腕，幫助血液恢復循環，輕輕取下塞在嘴裡的布塊，在她們靠在他胸前哭泣時撫摸她們的頭髮。成為惡棍、綁匪、施加痛苦的人？不，不，不，不，使壞與泰德的愛情生活無關，跟他的幻想生活也無關——直到瑞秋出現。

泰德盡量避免與瑞秋發生關係，很少含情脈脈地摸她，接吻時總是閉著嘴。他相信這樣做令她困惑，但他感覺自己這麼做是在當一個好人：既然不喜歡她，他沒有權力強迫她做性那件事，畢竟，如果他努力跟她發生關係，之後又跟她分手，她就有理由回到特別法庭，指控他為了性利用了她。所以，按照這個邏輯，他能讓自己脫罪的唯一途徑，就是在瑞秋敦促、糾纏、逼迫之下才與她獨處，瑞秋必須得要求他兩次、三次或五次，那麼最後沒人能宣稱這是他的錯。

一進了她的房間，關上門，她就開始用那種永遠令人覺得是假的方式吻他：那些輕吻，那些誇張的嘆息。他抵抗了一整天的惱恨浮出表面了，**唷，瑞秋**，他心裡這麼想著，**妳為什麼這麼霸道、執意又渾然不覺呢？妳為什麼喜歡我？你為什麼不能看出我沒那麼喜歡妳呢？**但她會繼續撲來……最後，屈服於誘惑，他會捏一把或咬一下來宣洩憤怒，後來甚至變成了輕輕拍打。

她聲稱喜歡他對她「使壞」時，他猜她一定是喜歡，否則怎麼會變得那麼溼、那麼紅，那樣扭來扭去呢？但內心深處，他仍舊覺得她做的每件事都有虛假的色彩，她聲稱享受他對她做的事，她說她認為他想聽的話，因此所謂對瑞秋「使壞」包括刮去那一層虛假，向下挖掘，強迫她展現真實的反應：他想抓住瑞秋真實的部分，但那部分一直從他身邊溜走，如沉浸於水中的鰻魚，追逐它令他性欲高漲。**我恨妳，我恨妳**，他一面想，一面把她瘦削的手腕固定在她的頭頂上方，咬著她肩膀上的肉，用私處磨蹭她的大腿，直到高潮為止。

「**太棒了。**」她事後嘆息說，擁抱著他。但他不信、也不能信她的話。

有時他懷疑，比起搞這檔事，她更喜歡的是事後，因為在那短暫的時間他對她不一樣，他需要她來減輕罪惡感，因為他剛做了這麼惡劣的事，他會很脆弱，也不加掩飾內心。他吻她，為她送水，然後躺在她的身邊，將臉埋在她的頭髮中。在那些片刻，他可以看著瑞秋的臉而不覺得她醜或美或好或壞或被人愛或被人厭惡，只是躺在他身旁的人，沒有了他持續加諸在她身上的所有批評，他不會執著地用批判眼光分析她所做的每一件事。如果他可能會喜歡瑞秋呢？如果他喜歡她，那麼他和她約會也就不是一個壞人，沒什麼罪要抵償，他們可以是幸福的，他可以是自由的。這個念頭讓他感到難以置信的輕鬆，好像身體有塊吸滿了劇毒的海綿終於擰乾了。

這種時刻不會永遠持續。性愛後的幸福感開始褪去時，安娜會像幽靈似地在身旁出現，**想想我，想想我**，她在他的耳邊低語，他就想起了她。他的大腦又加速轉動，想啊想，思緒翻騰，開始做出判斷。他有夠糟糕，跟瑞秋搞上了，讓瑞秋看到暴露無遺的他。她現在更加肯定他喜歡她了，他要是甩了她，她會更傷心。他現在更難脫身了。

他坐起來，穿上內褲。

「怎麼了？」

「沒事，我得走了。」

「怎麼不躺下來陪我一下？」

「我有功課。」

「今天是**星期五**。」

「跟妳說過了，我有很多功課要做。」

「你為什麼老是這樣？」

「哪樣？」

「就像**這樣**，很暴躁，辦事後。」

「我沒有暴躁。」

「有，就是有，暴躁先生，暴躁褲子。」

「我微積分要考期中考，歷史報告該交了，我還沒開始做，我告訴一個朋友要幫她準備SAT考試，我申請大學的論文最後草稿週一就要給指導老師了。如果我看起來壓力很大，對不起，但妳一直煩我，叫我暴躁褲子先生，對我沒有任何幫助，我在這裡已經浪費了一個鐘頭。」

「過來躺一下就好，我幫你按摩背部。」

「瑞秋，我不想妳按摩我的背部，我想把作業做完，所以我才說我們不該做這個。」

「哎呀，別這樣，暴躁鬼，我媽還要一個小時才會回來，來，就讓我……」

「嘿，別鬧了！」

「什麼，你不**喜**—**歡**這？因為你好像**喜**—**歡**這，哦，真的喜歡。」

「住手，我說了！」

「讓我住手啊，寶貝。」

「可惡，瑞秋——」

「哦，**泰德！**」

在他們的上頭，特別法庭的女孩像天堂合唱團，又繼續嘰嘰喳喳了：**看看他們，那兩個醜八怪，做那怪咖醜人的噁心事，噢，天啊，他太下流了，你看到沒？我以為他只是……沒錯，他做了，他做了，噢，不，我想我快要吐了，噢，好噁，那是我見過最噁心的事，我不知道是誰比較噁心，是他還是她？她怎麼能忍受，要我絕對絕對不會讓他這樣對我……**

◆

想像中的安娜依然長伴泰德左右，幫助他，針對他的戀情進化與靈魂狀態分享具體的意見。真實的安娜仍舊不知不覺地在杜蘭大學，每隔幾週會收到好友泰德寄來的友好電子郵件——值得注意的是，沒有一封信提到有個真實的瑞秋存在。

泰德對安娜的自我呈現如博物館展覽一樣精心策劃，如何將瑞秋置入展覽之中，這個問題他還未解決。棘手的地方是，雖然一個抽象的「高二生」可以想像成安娜的性感對手，提高泰德在她眼中的地位，但瑞秋**本人**卻是一個不利條件。如果他避不開安娜提出的後續問題，安娜發現他與瑞秋．德爾文—芬克的交往關係，恐怕會讓他永遠沾染著她那魯妹的惡臭。

在另一方面，瑞秋知道安娜**全部的事**。天啊，她居然知道。泰德偶爾會懷疑瑞秋具有些微的透視能力，她的超自然力量侷限在一個狹小無用的領域，他哪怕只是臉上閃過一絲不安，都會立刻引來「泰德？泰德？怎麼了？你在想什麼？泰德？」由於他通常正想著瑞秋多討人厭和（或）幻想安娜，當這種事發生時，他別無選擇只得說謊。他每天對瑞秋說謊，他對瑞秋說過的謊比他這輩子對任何人說的謊還要多。但是，每隔一段時間，她就用一種讓他痙攣的方式審問他，無法讓自己不透露出絲毫的真相。

比如，他有一次——**就一次**——跟瑞秋提到了安娜，但他簡直就是在身上刺了一行字：**問我我對安娜．崔維斯的感覺**。

那天晚上，他們去百視達，在瀏覽「《週六夜現場》最佳影片」架時，他說：「吉爾．達瑞德爾其實是一個被低估的天才，我朋友安娜是她的超級粉絲。」

「你朋友，安娜？」瑞秋重複。

泰德僵住了。「欸。」他感覺像是冬日走在湖上，四周的結冰開始劈劈啪啪作響。別亂動，他告訴自己，你還是可以走到安全的地方。

「我想我不認識安娜。」瑞秋說。她故意裝出漫不經心的語氣。

「應該不認識，」他說，「她去年就畢業了。」

「你怎麼認識她的？」

「不記得了，我想是有一次上同一門課吧。」

一陣沉默。他們肩並肩，在明亮的螢光燈下看著電影錄影帶。瑞秋拿起史蒂夫．馬丁的《大笨蛋》，研究盒子後面的文字。結束了嗎？他逃過了嗎？

「你是說安娜．張嗎？」瑞秋問。

冰裂了，他撲通墜入水中。

「不是。」

「安娜．哈根？」

「不是。」該死，他認識安娜．哈根！怎麼不乾脆就說是安娜．哈根？**你真是一個他媽的笨蛋，泰德**，他的大腦對自己大吼。

「嗯，那是哪一個安娜呢？」

泰德感覺喉嚨開始發緊，「安娜．崔維斯。」他勉強說了出來。

「安娜．崔維斯！」瑞秋表面仍舊在讀盒子上的文字，但揚起了眉毛，對泰德居然與安娜．崔維斯在同一個不凡的社交圈子表現出強烈懷疑。

「我不知道你認識安娜．崔維斯。」

「認識啊。」

「嘿。」

停頓。

「怎麼以前都沒提起過她？」

「不知道，就是從來沒想到。」

泰德突然冒出一個念頭，如果瑞秋發起脾氣，要他和安娜徹底斷絕來往，他就得跟她分手了，因為如果他必須在瑞秋和安娜之間做出選擇，他顯然會選擇安娜，而既然他和安娜之間根本什麼也沒有，不講道理的人是瑞秋，分手最後根本也不是他的錯。

不過瑞秋比那還要精明，她把《大笨蛋》放回架上，他們默默逛著百視達。

「她很漂亮。」瑞秋一分鐘後說。

「誰？」

瑞秋五官一扭，閃現一抹冷笑。「**誰？**吉爾達·瑞德爾，不是，是安娜·崔維斯啦，傻瓜，她很性感。」

「我想是吧。」他說。

「你想？」

「瑞秋，我們只是朋友。」泰德以誇張的耐心說。

「我是說……顯然是，」瑞秋說，「安娜·**崔維斯**。」

瑞秋，泰德暗想，妳這個該死的討厭鬼，希望妳被火燒死。

「你有沒有參加她的告別派對？夏天時？」瑞秋問。

「有，為什麼問？」

「沒什麼。」瑞秋從架上拿下另一部電影，仔細閱讀後方的說明，頭也不抬地說：「我剛好聽到一個傳聞，派對時，她媽媽在樓下準備蛋糕，她和馬可．賀南德斯在她爸媽房間搞。」

圖片：泰德被綁在輪床上，瑞秋站在一旁，仔細研究一套精選的刀具，想決定用哪一把刺進他最容易痛的地方。

「太好笑了，」泰德嘲笑說，「誰告訴你的？雪莉？」雪莉是瑞秋那個輕浮又討人厭的密友，泰德心想也許可以就雪莉來開始吵架，搞不好可以轉移焦點。還是他乾脆直接推倒最近的電視螢幕，逃離這個州好了。

瑞秋沒有上鉤。「其實不是雪莉，但誰都知道安娜．崔維斯迷戀馬可，是超瘋狂的那種迷戀。」瑞秋頭一次直視著他，眼睛在眼鏡後方看不見。「我聽說她從大學寄了一大堆信給他，還一直打電話去他的宿舍，情況太嚴重了，他只好把她的號碼和電子郵件封鎖了。」

泰德覺得很難受，她隱瞞這件事多久了？她怎麼知道她能夠用上呢？

「噢，老天，瑞秋，」泰德說，「妳這樣真的讓人很尷尬，講一個你根本不認識的人的閒話，如果是妳覺得很酷的人，妳就捧得像名人還是什麼的。安娜只是普通人，妳甚至不認識她，所以妳和雪莉也許應該停止像兩個傻瓜老注意人家的感情生活。」

「哦，」瑞秋嘟起嘴說，「其實我認識她的。」

「妳不認識。」

「我認識，」她冷冷地、得意地說，「我們上同一間幼兒園，我們的媽媽是朋友，是她媽媽告訴我媽媽馬可封鎖她號碼的事，她說安娜非常傷心，可能需要休學一個學期。我猜**你的朋友安娜**根本沒告訴你。」

泰德的肚子縮緊，瑞秋剛捅了他一刀。

瑞秋冰冷的手握起泰德無力的手。「其實我覺得我沒心情看電影，」她說，「我爸媽過了半夜十二點才會回家，我弟去朋友家過夜了，我們走吧。」

◆

幾天後的夜裡，泰德坐在電腦前，想寫封電子郵件給安娜。**妳確定一切都好嗎？**這個問題他修修改改寫了二十遍，沒有一個版本是好的。他已經寄了兩封，她都沒回，所以他知道自己應該冷靜下來。問題是，他不只想求證瑞秋的故事是不是真的，他**必須**找出答案——想知道的欲望像蟲子在他皮膚底下爬著。

在焦慮的驅使下，泰德變得出乎意料地勇敢，竟拿起了電話。他會背安娜在學校的電話，雖然之前只打過一次給她，就在她生日那天，對著語音信箱，把整首生日快樂歌唱完。她始終沒有回電，不過他最後收到一封電子郵件（標題：**太謝謝你了!!**），她署名時還加了一大堆擁抱和親吻的圖案，當時感覺意義非凡。

響了一聲，安娜就接起來。

「喂，安娜，我是泰德。」泰德像是對著她的答錄機說話。
「泰德！」她說，「什麼事？」
「呃……我只是想到了妳，」他說，「妳好嗎？」
「我想很好吧，」她說，「為什麼問？」
因為我的女朋友，我一直沒讓妳知道她的存在，她告訴我一個妳一直沒讓我知道的事，因為她嫉妒我對妳的迷戀，這件事我也一直沒讓妳知道，但我無法繼續不讓她知道？
「呃，我也不大確定，很奇怪，我就是……感覺……有事不對。」
利用秘密獲得的情報假裝出一種神秘的默契，這對泰德來說是欺騙的新境界，等到安娜開始哭了，他才明白了自己做的事的威力。
「我不好，」她說，「我**一點**也不好。」在哭哭啼啼之間，她抽著氣開始說出一個糾結的故事，不只馬可涉入，還有一個兄弟會傢伙對她很壞，有一回跟她爸爸的新老婆起了嚴重爭執，和她室友持續不停的戰爭，其實——她幾乎是後來想到才提——她幾乎每一科都當掉了，明年會列入觀察名單，如果沒進步就會被退學了。
「我很難過，」泰德詫異地說，「我替妳感到很難過，聽起來真的很難熬。」
「我不敢相信你打電話給我，」安娜說，「家裡那邊的人都不再打電話給我了，好像他們把我忘了，你以為你跟人家很親，但他們終究還是**忘了**。」

「我沒有忘記妳。」泰德說。

「我**知道**，」安娜說，「我知道你沒有忘記，你永遠在我的身邊，永遠都在，但我從來不懂得珍惜，把你當作理所當然。我好自私，我討厭高中的我，天啊，我希望我可以改變我的一切，但這——來不及**做**任何事了，問題就在這裡，通通都搞砸了，我都不知道自己是誰了，你知道嗎？比如是誰做出這些我只能接受的選擇？我回頭看那個人，我恨她，我好恨她對我所做的一切，那個人就像我的敵人，但問題是，那個人就是**我**。」

安娜在電話中傾訴心聲，泰德的心則像太陽閃焰一樣亮了起來，他只想讓安娜知道他是怎麼看她的：在他的眼中，她是多麼美麗，多麼完美。他必須讓她知道，他心中會懷著對她的那份記憶——那份**認識**——所以不管他們之間發生什麼事，不管她多麼厭惡自己，他可以為她這麼做：他可以愛她，無私，無間斷，全心全意，愛她一輩子。

一個小時以後，安娜頻頻吸鼻子。「泰德，謝謝你聽我說，」她說，「這對我來說真的很重要。」

我願意為妳而死，泰德心想。

「不用謝。」泰德說。

◆

從此以後，泰德和安娜幾乎每天晚上都講電話。在一生中，泰德沒有任何經歷的刺激程度能媲美那些深夜對談，他發現自己就著對話建立一套繁複的儀式，就像原始部落要在營火的火光旁舉行儀式，才能控制火的力量一樣。

一部分的儀式是讓對話保密——當然，不讓瑞秋知道，但也不讓父母和其他人知道。他把他髒窩裡的電話從電腦旁邊移到床邊，他打開門外的風扇製造白噪音，他洗了澡，刷了牙，鑽進被窩裡。安娜還沒有接起電話，他的皮膚就開始熱起來，幾乎要發燒了。

「嘿。」

「嘿。」

他們聲音嘶啞低沉，他們互相低語。泰德心想，他們好像並躺在床上，在枕頭上竊竊私語。他閉上眼睛想像這個畫面。

「今天過得怎樣？」他問。

「噢，你知道的。」

「不管怎樣，還是跟我說，我想聽。」

安娜開始告訴他她一天的故事（「嗯，所以，我早上四點就起來，因為該死的柴瑞斯有一幫該死的弟兄……」）泰德輕輕往下撫摸自己的胸口，摸摸自己的胸膛，想像那是安娜的手，在安娜的手指底下，他起了雞皮疙瘩。

安娜說話時，他很少說話，大多只是同情地發出「嗯嗯」或是「哦不」的聲音。有一次，她聽起來格外傷心，他說：「我也很難過。」然後默默又加了一句：「……甜心。」

同時，他的手緩緩繞著圈子，朝軀幹下方移動，在四角內褲的腰帶上移動，在鬆緊帶下方移動，遲疑地撫摸陰毛外側。

安娜似乎無話可說時，他說：「再跟我說說凱薩琳的事。」凱薩琳是安娜的繼母，他開始玩弄他的老二——用指尖輕拍，把它彈到腿上。「妳想妳爸爸會反對她，還是站在她那一邊？」

「天啊，你在**開玩笑**嗎？」安娜幾乎尖叫起來。

「噓，噓。」泰德要她安靜。「柴瑞斯還有四個小時就要練習了。」

「去他的柴瑞斯。」安娜低聲說。泰德笑了，安娜也笑了。他幾乎可以感覺到她的氣息吹到臉上，他捏了捏老二，舒服得弓起背來。他咬緊牙關，逼自己保持安靜。

「妳想睡了嗎？」他終於問。

「嗯。」安娜問。

「妳想一塊睡著嗎？」

「想……但你必須那麼早起……」

「沒關係，」他說，「我會在自修室睡。」
「你真貼心，泰德，我喜歡跟你一起睡著。」
「我也喜歡跟妳一起睡著，晚安了，安娜。」
「晚安了，泰德。」
「祝妳好夢，安娜。」
「祝你好夢，泰德。」

在隨後的寂靜中，他想像安娜又著迷又厭惡地看著他。他想像她撫摸著他；他想像在電話線的另一頭，在紐奧良的潮溼夜晚，飽受欲望折磨的安娜正在撫摸自己，心裡想著他。他聽她呼氣吐氣，手在被褥下穩定地工作。他為自己感到羞愧，但那羞愧帶來的暖意匯聚在胯下，放大了他的愉悅。他在一陣急流中來了，除了可以解釋為睏倦的呼吸聲以外，什麼聲響也沒有發出。只有完全平靜下來，脈搏呼吸完全放慢，他才敢低聲說：「安娜，你睡著了嗎？」

他想像安娜躺著，睜大眼睛盯著天花板，心中充滿了渴望。但那一頭只有無聲。

「我愛妳，安娜。」他輕聲說著，掛斷了電話。

然後，寒假來臨了，安娜要回家看看大家。泰德會見到她？當然會見到她，他們根本就是最好的朋友！他們每天晚上講話，她說：「你永遠在我的身邊，永遠都在。」他顯然會見到她，唯一的問題是什麼時候。

以及哪裡見，以及怎麼見。

在高中時，和安娜一起安排計畫就像外科手術那樣複雜，有時也同樣殘忍。他如果直接邀她出去玩，她一定會笑著說：「當然好！聽起來很棒！明天打電話給我，我們再安排。」只是她嘴角有些微的緊繃，她的呼氣沉重，暗示他打擾到了人家。衝突無可避免在最後一刻發生，否則就是他想敲定細節時，她就是不接電話。他如果說出她這種古怪的個性，甚至提到那些沒有遵守的計畫，而不是假裝它們一開始就不存在，她會抽離得更遠，那個反應會使他為自己、為了缺乏關懷而逼迫她而感到羞恥。

另一方面，她則開開心心不停讓他知道她和其他人的計畫，提供源源不絕的資訊：即將出發的遠足，約會或派對的細節，它們總是**這麼密集**發生。只要他沒有怨言聽著，聽著無止盡描述應該在沒有他的情況下所發生的活動，那麼起碼有三成的機會安娜會在最後一刻改變主意，說自己無法處理社交計畫的負擔——不管計畫本來是什麼——決定改和他在一塊。她到他家來，誇張地鬆了一口氣，倒下來說：

「**好高興**我們這麼做，我**超**沒心情去瑪麗亞家再參加一場家庭聚會。」彷彿他們兩人同樣受到環境擺布，同樣不知不覺支配他們「友情」的動力。

但他們之間肯定有了變化！她現在當然不會像以前那樣對他，不會了，在她說出這些話之後：**你永遠在我身邊，永遠在，但我從來不懂得珍惜，把你當作理所當然**。這話除了是表白以外，還能是什麼呢？表白如果不是改變的承諾或起碼是改變的意願，又是什麼呢？他好愛她的聲音在第二個「永遠」以前稍微卡住停頓，**你永遠在我身邊，永遠在**。當他們結婚時，她可以把這段話寫進結婚誓言：**你永遠在我身邊，永遠在。你永遠在我身邊，永遠在。你永遠在我身邊，永遠在。**

這是他聽過最動人的話。

◆

安娜要搭機飛往紐澤西的前一晚，泰德用最溫柔的方式想哄安娜說出他想聽的話，「要見到妳，我很興奮。」他說。

「我也是！那是當然的。」

「妳最近跟這裡的誰聊過天嗎？像是朋友什麼人的？我記得妳說家裡這邊的朋友都不善於聯絡。」

她回答前的些許遲疑是他的想像嗎？她還是沒有跟他吐露馬可的事，前幾天瑞秋那討厭的朋友雪莉才突然宣布，她聽說馬可．賀南德斯還有真正的保護令，限制安娜在任何時候任何地點都要與他保持五百英尺以上的距離。這種愚蠢的謠言分明是雪莉的拿手好戲，但他仍希望安娜可以做點什麼讓他安心，最好是突然大哭說：**你永遠在我身邊，永遠在**，懇求他原諒自己這些年來的冷落。但他可以退而求其次，一個積極主動約見面的暗示就行了。

結果非但沒有，對話還出現了一個不安的急轉彎。

「其實，」安娜說，「我跟強納森小姐聊過天，你知道她？**她**告訴**我**，你正在跟某個人約會！瑞秋．德爾文—芬克？我的反應是，不可能，絕對不可能，但她堅持有這件事！」

「哈哈哈哈哈哈哈！」泰德說。

當安娜的沉默表明了像瘋子一樣狂笑的反應還不夠時，他補充說：「嗯，是，我們會一起出去玩。」

「是**約會**那種出去玩？」

「我不知道，我們還沒有定位這件事。」（他們定位了）「很複雜。」（不複雜）「你不知道我的感覺。」（她不知道）「但……是的。」

這次談話開始時，泰德一直處於從容勃起的狀態，現在則覺得自己可能要吐了。讓安娜和他談論瑞秋是一個很大的錯誤，簡直是一種褻瀆，好像讓他的父母走進來撞見他正在做愛。

「我回去時，我們三個也許可以一起出去玩！我很想再見到瑞秋，好久不見了。」

「嗯，當然，你想的話，當然可以。」

「你知道我們的媽媽是朋友嗎？我們以前還經常一起參加親子活動，我們現在沒那麼熟了，因為走了不同的方向，在學校有不同的朋友圈。不過瑞秋真的是一個好孩子，我最記得她的一件事是，我們小時候她超愛馬的，我的小小馬什麼的，記得嗎？」

很聰明，安娜，非常聰明。**真實**的情況是，有個謠言傳遍學校，說瑞秋・德爾文—芬克用「我的小小馬」玩具自慰，這種謠言沒有人會信，沒有人會真的相信，但大家照樣熱情地傳了出去，泰德自己也曾在午餐桌上和其他男生激烈爭論究竟是否可能（她是直接插進去，還是……？）後來就在事情快要平息的時候，他還故意再次引起爭議，因為瑞秋醜聞案轉移了焦點，讓人忘了前一則席捲三年級的醜聞，也就是他，泰德，是否曾經被音樂老師逮到春季獨奏會時在樂器櫃中拉屎——**他當然沒有**。

一個關於你的謠言那樣傳開來，那種壓倒一切又無能為力的恥辱，安娜明白這種感受嗎？他希望他能相信安娜是在嫉妒，但他不信，她只是在標出自己的領地，就像小狗在草地上撒尿那樣。在她的心中，他究竟是不是一個活生生、會呼吸、會思考的人呢？他花了很多時間想弄明白她在想什麼，但她認為在他面具後面到底活著一種怎樣的知覺意識呢？

泰德第一次想像用他（幾乎）幹瑞秋的方式幹安娜：殘酷，不關心她是否舒服，完全承認他愛她，但也恨她。在幻想中，安娜在他的下方，他的手勒著她的脖子，噢，天啊，瑞秋也在，他們搞3P。瑞秋一絲不掛，雙手撐地跪著，泰德揪著安娜的頭髮，逼她——

強迫她——

她們都——

「泰德，你聽到我說的話嗎？」安娜問。

「沒有——對不起——聽著，我，呃，我得掛了！」

◆

安娜回到紐澤西州的第四天，在瑞秋的房間，在又一輪不完全是交媾的交媾後，泰德正在穿衣服，瑞秋問他跨年夜想做什麼。

「不知道。」泰德一面說，一面穿襪子。「我想我可能就待在家裡吧。」

「你不可以那樣，」瑞秋說，「艾倫要辦活動，我告訴她我們會去。」

「什麼？妳為什麼要那麼做？」

「做什麼？」

「沒問我就做計畫，妳不覺得妳應該問問我是不是也許想做什麼，而不是被拖去和一群我都不認識的高二生參加派對嗎？我有妳以外的生活，妳是知道的。」

「嗯，但你說你跨年夜沒有計畫，準備待在家裡。」

「我是說我**可能**待在家裡。」

「好吧，你**可能**還想做什麼呢？」

「我不知道，辛西亞．克拉色威斯基在家辦派對，我打算去看看。」

「在**辛西亞．克拉色威斯基家**。」

「欸，怎麼？」

「辛西亞．克拉色威斯基**邀**你參加派對。」

「所以呢？」

「泰德，你告訴我辛西亞．克拉色威斯基邀你去參加她的新年派對，你**打算去看看**。」

「妳是中風了啊？」

「我只是想弄清楚事實，辛西亞．克拉色威斯基打電話給你說：『嗨，泰德，是我，辛西亞，我想請你來參加我的派對』？」

「不，當然不是。」

「那誰邀你的？」

「什麼？妳在說什麼？安娜邀我的，誰管這個啊？我根本也沒說我一定會去，我說我**想一想**。」

「哦，我**現在**懂了，我現在明白了，每一件事現在都非常清楚了。」

「妳什麼都不明白！我跟安娜講電話，她提到辛西亞家的派對，我們就說要去，我們根本沒有具體的計畫。」

事實並非如此。真正的情況是，前一晚安娜滔滔不絕向他抱怨說必須去參加辛西亞．克拉色威斯基的派對，這個義務讓她很痛苦，她其實一點也不想去。於是泰德從中推敲出一個極有可能發生的事：如果他跨年夜恰好獨自在家，安娜會在最後一刻打電話來，他們兩人最後會一同迎接新年，大多數時候是在泰德家的地下室看《週六夜現場》，但到了午夜十二點，他們轉到有線頻道看時代廣場的倒數彩球降落，他在冰箱「發現」一瓶冰鎮的香檳，他們互相乾杯，他轉向她露出一個頑皮的苦笑說：「我知道很蠢，但我們不妨也來吧！」她咯咯笑著說：「好吧！」於是他親吻了她，以幾乎是朋友的角度，吻在脣上，但閉著眼睛。要退開時，他會停下來等一下，她也等一等，接著**她**真的吻了，接著他們來真的了，開始摸來吻去，在沙發上扭成一團，然後滾到地上。接著，他脫掉她的上衣，他要把衣服拉起來，衣服纏在她的手臂上，於是手臂就固定在她的頭上——這一招是他最近跟瑞秋發現的——安娜會驚訝地露出性感的「哎呀」嘴型，她會在他下頭喘氣，他們做愛，他讓她達到狂放的高潮，之後他們共度餘生。

這是**萬無一失的計畫**。

哦，等等，不是不是，這是性幻想。他是個白痴。

接著，就在他跟自己承認後，瑞秋——他的女朋友，他的反射鏡——開始跳舞了。她只穿著內褲，小乳房微微顫抖，跳了一小段可怕的舞，一種模仿泰德的舞。有那麼一瞬間，舞蹈把他對她的一切厭惡和對自己的一切厭惡融合在一塊。

「**嗨，我是泰德！**」瑞秋一面冷笑，一面擺動。「看看我！我是安娜．崔維斯那個很土很俗的死黨，我跟著她，希望我如果一直照著她的話去做，她會喜歡我。**看看我，看看我，看看我——！**」

是否會有那麼一刻，你的自我徹底粉碎，於是就死了，你不再需要拖著你自己這個負擔呢？德語一定有個字是來形容這種感覺：你又複雜又扭曲的心思浮出表面，突然清晰可見，令人不悅。就像在擁擠的商場走過一面鏡子，心想：擺出那個可怕姿勢的傢伙是誰？他為什麼畏畏縮縮，好像希望有個人揍他，**我**倒真想揍他——哦，等等，那是我。

「她有沒有邀請我？」瑞秋幾乎要吵架了，「我有沒有受邀跟你一起去參加酷哥辣妹的派對？」

泰德沒有回答她。

「所以她**沒有**邀請你？她只是說她會去，而你只是想鬼鬼祟祟躲在她身邊，就像是哦，**安娜**，自從妳去念**大學**後，我就好想好想妳，我希望我們可以一起私奔，看他二十小時的《週六夜現場》，我給妳做爆米花，對著妳的耳朵深呼吸？」

「欸，」泰德說，「差不多。」

「我有點子了，」瑞秋說，「我們一塊去辛西亞．克拉色威斯基的派對，就是這樣！有何不可？我會打電話給安娜，我跟你說過我們媽媽是朋友，對吧？我問她我們能不能去辛西亞家，我相信她會答應的，再見到她一定很好玩，你願意吧，泰德？」

「不，」他說，「我不想。」

但他們就這麼做了。

◆

二〇一八年，紐約市。泰德躺在醫院輪床上，被推到擁擠急診室的走廊。他的頭不能往左轉，也不能往右轉，他直直盯著刺眼的螢光燈，不知道自己是不是快要死了。太荒謬了，他對自己說，我是絕對不會死的，一個女士對我扔了一杯水，只是小傷而已，以為有人會這樣就死掉是很可笑的。他立刻想像瑞秋輕蔑地說：「泰德，**常常**有人因為頭部受傷死掉啊。」

泰德心想：我可能不會死，但我很害怕，很孤單，我不喜歡這樣。

「不好意思，」他用乾裂的喉嚨喊著，「誰能告訴我發生了什麼事？」

沒人回應他的請求，但最後有個模糊的陰影生物游向他，他們用一種毫無意義的語言問他問題，他用同樣難以理解的含糊話語回答，所得的回報是手臂上的刺痛，氾濫似的輕鬆幸福感隨之而來。

當藥物開始起作用時，泰德的記憶開始糾纏在奇怪但異常可愛的幻覺中，在這個幻覺中，安琪拉扔向他腦袋的平底酒杯沒有從頭骨彈開，而是砸碎了，一塊玻璃卡在額頭上，他看到那塊玻璃在他的視線中心，如高塔聳立，刺痛他，壓倒他，在光線中折射出一圈閃閃發光的彩虹。透過玻璃，他看到他自己倒映在他所有的悲慘榮耀中。

他在那裡，他**現在**在那裡。

紐澤西州的特倫頓，一九九八年的最後一日。

◆

泰德和瑞秋站在辛西亞・克拉色威斯基家的前廊，瑞秋做了像要打仗的準備，緊身洋裝，閃亮亮的高跟鞋，頭髮上了髮膠，盤成緊實的法式包頭。泰德按下門鈴，感覺刻意過了很久，辛西亞・克拉色威斯基才來開門。

「嗨，」泰德說，「我是泰德。」

瑞秋擠到他們的中間。「安娜邀請我們來。」她說。

辛西亞說：「誰？」

「安娜．崔維斯。」瑞秋說。

辛西亞聳聳肩膀，好像從沒聽說過安娜．崔維斯，也許她是沒聽說過。「隨便，」她說，「啤酒在冰箱。」

到了派對上，泰德立刻找到安娜，她在角落，正在和萊恩．克雷頓說話。她貼腿褲外頭穿著一件過時寬鬆的罩衫，頭髮染成不當的紅色。與瑞秋相比，安娜看起來有點……乏味？她看起來就像泰德所知道的她：疲憊，悲傷，不知所措。泰德心想：有沒有可能瑞秋比安娜性感？還是她們同樣性感？他的世界在地基上晃動，接著泰德看到安娜把手放在萊恩．克雷頓的二頭肌上，露出挑逗的笑容，她再一次把他的心從高處往地上摔去。

瑞秋看著泰德看著安娜看著萊恩．克雷頓，身體僵硬起來，緊緊握住泰德的手，握到他手都痛了。

發現有人在看她，安娜挽起萊恩．克雷頓的手臂，帶著他朝瑞秋和泰德走來。幾個不由衷的擁抱，幾聲「噢老天已經這麼久沒見」的寒暄，安娜和瑞秋笑談了泰德幾個令人尷尬的小習慣——**妳有注意到他怎樣怎樣**——萊恩．克雷頓則一副無聊透了的模樣。

泰德心想：今晚這個派對上的每個人都去死好了，包括我，我才不在乎。他喝得酩酊大醉。

當晚慶祝活動進行到一半時，門鈴響起，接著是一陣輕微的騷動。安娜從視線中消失了，泰德想追上去，瑞秋卻殘忍地把他的手腕扣得牢牢的。傳言一波波傳回了他們的耳中，說馬可・賀南德斯在派對待了一下，發現安娜也在就走了。還有更多關於保護令、保護令是真是假、保護令究竟有什麼作用的閒話。

午夜來臨了。

泰德伸出舌頭親吻瑞秋，還掐了她的屁股，在過程中發現自己可以享受某樣東西，卻又一點也不喜歡它。他發現這種感覺——感到愉悅，同時又覺得與愉悅脫離——本身也是愉快的，懷疑自己是否奇蹟般成了佛教徒，或者是精神崩潰了。

當泰德終於從瑞秋的喉嚨撤回舌頭時，看到安娜正看著他們。安娜看起來很傷心，瑞秋看到安娜在看他們，又吻了一下泰德，很是得意。泰德再一次覺得自己像一塊被撒了尿的草地。

安娜消失了，但當瑞秋去洗手間時，她又回來了。

「泰德，可以跟你說句話嗎？」她問。

「當然，」他說，「什麼事？」

「**私下**說。」

她帶他到外面的門廊，很冷，細雨中夾雜著雪花，但他醉醺醺的，身子很熱，所以不以為意。安娜點了根香菸，吐出一團灰濛濛的煙，抓了抓大腿。她會抽菸對泰德來說是個新聞。

「我不敢相信你，」她最後說了，「我不敢相信你做出那種事。」

「什麼事？」

「跟女朋友那樣卿卿我我，對她摸來摸去，就在我的面前。」

「啥？」泰德說，「什麼？」

安娜往前一傾。「我不知道……」她說。「我猜我只是想……」她又開始說了，「我猜，我們這幾週一直在聊這對我有多困難，見到每個人讓我多麼擔心，你知道我根本不想來這裡，但後來你決定跟你的新女朋友來，所以我不得不來了。後來馬可出現了，簡直是超級痛苦，我去找你，想得到一些支持，結果你在角落跟瑞秋·德爾文—芬克卿卿我我，我只是……我感覺我們的關係不一樣了，我失去了你。我很想你，泰德。」

安娜眼中含著淚水，泰德沒見過她意氣這麼消沉的模樣，而她平常看起來就經常是非常傷心的。

「為什麼你什麼都不說呢？」安娜抽泣著問。

「我想……」泰德說，「我不知道該說什麼。」他笨拙地摟住她。「安娜，我是為了妳來的，這妳是知道的。」

「我知道，」她說。她把頭靠在他的肩上，有短短的一瞬間，感覺像是另一個美好的夜晚，營火的那一晚，暫時解除了枷鎖，從馬可傷害安娜、安娜傷害泰德、泰德傷害瑞秋那沒完沒了的嫉妒與傷害之循環中解脫。

安娜哭著說：「我好累，我不想再追著這些討厭的傢伙，我想跟一個我可以信任的人在一起，我想跟一個**好人**在一起。」

然後，安娜，發光的安娜，美麗的安娜，有酒窩、光滑皮膚、鼻頭雀斑和好美好美的髮絲的安娜，氣味讓他著迷的安娜，為了其他所有女人毀了他的安娜，他願意為她而死的安娜，世界上最完美的女孩的安娜——

安娜吻了他。

我會好好待妳的，安娜，泰德抱著她心想，**我這一輩子都會好好待妳**。

但給我一分鐘，讓我先跟瑞秋分手。

◆

安娜在門廊等著，泰德回去屋內，告訴瑞秋他要走了。「是安娜，」他說，「她……我們……」

他沒有把話說完，他不必說完，瑞秋給他的眼神深深地、深深地刺穿了他那破爛不堪的靈魂。

當然，有尖叫。

有哭泣。

有扔啤酒。（只有液體，沒有玻璃杯。）

但到了最後，泰德跟安娜離開了派對，他與安娜・崔維斯相偕走出一個他與瑞秋・德爾文—芬克相偕走入的派對，如果有天堂存在的話，這就是他獲許在天堂永遠住下的感受。他一生中最光榮最成功的時刻。

◆

二十年後，從在病床上的角度來看，他不得不承認，每一件事從那時就差不多開始在走下坡了。

◆

一九九九年三月十三日，在安娜宿舍的上鋪，在他們遠距離交往了三個半月後，泰德把童貞給了安娜・崔維斯。雙方都很詫異的是，泰德難以維持勃起狀態，即使他從來不會也永遠不會承認，但原因是安娜的表情。她一副非常盡職的模樣，彷彿在吃藥或吃蔬菜，看起來好像心想著：**唉，我的人生完蛋了，我想我就跟泰德上床算了。**

不，這樣想不公平，安娜跟他做愛是因為她愛他。他們開始交往後，她就告訴他她愛他，說過很多很多次。她跟他做愛是因為她愛他，因為他愛她，而性是這場公平交易的正常部分。她愛他，因為他「好」，但她所說的「好」指的是

「安全」，而她所說的「安全」指的是：「你愛我愛得那麼深，你永遠不會傷害我，對吧？」

安娜愛泰德，但不是以會讓自己痛苦的方式要他，她沒有不顧一切地要他，她沒有不由自主地要他，而這原來是泰德一直想要別人要他的方式，就是他一直以來想要女人的方式，安娜想要馬可、他想要安娜、瑞秋（回想起來，是表面上）想要他的方式。

沒有這種痛苦的「想要」，泰德很難硬起來。起初他設法解決他消失之勃起的問題，方法是對自己大吼：**泰德，你正在跟安娜・崔維斯做愛！**但沒解決。最後，讓他老二站起來的方法是想著瑞秋，想著如果她知道自己正在跟安娜・崔維斯做愛會怎樣，她一定非常嫉妒，也非常非常生氣。瑞秋，看看我現在，他高潮時心裡得意地想。

妳他媽的婊子，妳他媽的蠢婊子。

◆

在接下來的一年半，泰德和安娜談著遠距離戀愛。頭一年他英勇地把持住，但最後六個月就偷吃了：第一次是跟個女孩在他大學宿舍的地板上，再來跟最後成了他一連串女友的下一個的女孩，在這些女人之間，他也跟瑞秋・德爾文—芬克上床背叛她，就在感恩節假期兩人都回家時。泰德與瑞秋做愛時，想像中的安娜在四周翩翩起舞，朝他臉龐揮動她的天使翅膀：**我是這麼美麗和完美**，她嘆息道，**你怎麼可能寧願跟瑞秋‧德爾文─芬克用這種令人毛骨悚然的古怪方式做愛呢？你真的是那種人嗎？**

問題是，跟瑞秋‧德爾文─芬克做愛真是一種解脫，他不必在她身邊假裝，她清清楚楚知道他是誰。

◆

隨著年齡增長，他發現自己改良了他第一次不經意使用在安娜身上的手段，也就是他的秘密勾引伎倆，這伎倆怎麼做呢？就是在她們面前，像誘餌一樣拖著你的心，假裝自己很容易上鉤，卻又永遠有點遙不可及。噢，看，是我，我來了，我只是可愛的書呆子泰德。妳比我漂亮多了，妳比我酷多了，妳是最棒的妳是最聰明的妳是最好的。和妳在一起，因為妳，我會是有史以來最好的男朋友。

可憐的泰德，又矮又土的泰德，師奶殺手泰德，用一千個小鉤子鉤住了女人的自尊心，就像黏在她褲管上的毛刺。他只需要面帶微笑，說幾句自嘲，女人就開始告訴自己他是多麼的「有禮」、「聰明」和「風趣」。她們說服自己勉強接納他，說服自己只約會一次，她們會為了給他一個機會而感到自豪。

他的身價隨著年紀水漲船高，越來越多女人想要擺脫對馬可們無休止的追逐，她們渴望癱倒到她們的泰德們懷中。

泰德聽過別的男人恭賀自己等到了這種權力的新逆轉，他們到了三十多歲，反而更容易有約會的機會。也許有的男人全心全意投入這個協議，他們可以凝視著他們的安娜們的眼眸，不在乎他們在裡頭看到的事實真相……但泰德沒辦法。泰德在安娜眼中所看到的，也在薩琳娜、梅麗莎、丹妮爾、貝絲、雅耶萊特、瑪歌麗特、佛洛拉、珍妮佛、賈桂琳、瑪麗亞、譚娜、莉亞娜、安琪拉的眼中看到了——那股倦意，那種刻意的自暴自棄。他看出她們勉強接受一個「好男人」感覺多麼得意，而「好男人」指的是她們偷偷認為他高攀了自己的男人，他看得出她們覺得他很安全。

他從中得到樂趣，從幹這些女人中得到某種樂趣，但樂趣中交織著憎恨，恨她們，也恨自己。他在幻想中得到報復，他的幻想越來越複雜，最後出現了鋒利的刀子與徹底的絕望，就像孩子玩的遊戲：**你為什麼要打自己耳光？別再打自己耳光了！**只是在他的幻想中是：**別再用我的老二刺自己了！**

當然，他約會的女人最後全對他產生了興趣，她們越是覺得和他一起委屈了自己，在他開始撤退時，就越加熱情地追求他。他成了純粹自我懲罰的工具：我是怎麼搞的，連**這個他媽的魯蛇**都不給我我想要的東西？她們在他身上找出了各種他需要她們處理的問題：他不「了解自己的情感」，或他「害怕承諾」。她們卻從來不質疑基本的前提：在內心深處，在這一切底下，他想和她們在一起。你對我當然有感覺，安琪拉把杯子扔向他之前可能是這麼說。承認啦，該死！

我是**我**。

而你是**泰德**。

◆

二〇一八年，泰德在臉書上跟安娜及瑞秋都是朋友，不過他已經多年沒見過她們兩人。瑞秋結婚了，成了小兒科醫師，是四個孩子的母親。安娜住在西雅圖，是單親媽媽，現在似乎過得還好，但之前經歷一段艱難的日子，泰德懷疑她可能正在接受什麼康復治療，她常常貼出一些鼓舞人心的格言，讓他覺得自己不如她：**我無法改變風的風向，但我可以調整我的風帆，永遠抵達我的目的地**，以及**在最黑暗的時刻，我們必須試著看到光明**。

此刻，躺在輪床上，他想著安娜。其實，他看到了她，在合唱團的歌聲與振翅聲的伴奏下，她穿過彩虹朝他走來。

現在幾點了？今天星期幾？哪一年？安娜來了，但她不是一個人，她和所有特別法庭的女人在一塊。她們來了，在他的床邊，低聲討論他，密切觀察他，跟過去一樣批評他。她們爭吵，有某件事意見不合，他察覺這一切的中心有個誤解，一個基本的混淆。只要額頭沒有卡著一大塊玻璃，只要鮮血不要再流進嘴裡，他就能澄清解釋。

我無意傷害任何人，他想告訴她們，我只是想讓人看見，讓人因為我是誰而愛我。問題是，都是誤會，我假裝做好人，結果停不下來。

不，**等一等**，讓我重新開始，那是不對的。

我一直想要的就只是被愛而已。好吧，被崇拜，被瘋狂痛苦地渴望，全心全意。那樣很不對嗎？

不，等一等，那絕對不是我的意思。

聽著，聽著，我可以解釋。好泰德底下有一個壞泰德，沒錯，但是在**那**下面有一個真正是好的泰德，但從來沒有人見到他，他這一輩子都沒有人見到那個他。在一切的底下，我只是那個只想要被愛的孩子，但我試了又試，試了又試，還是不知道怎麼讓那件事發生。

嘿，停，放我下來，我想告訴你一件事。請你別再說了，聽我說，好嗎？那裡的燈刺痛我的眼睛。還有，能不能打開空調？如果不是這麼熱的話，我解釋我的行為會容易一點。那些火焰在舔我的腳嗎？

我想說一件重要的事，你要帶我去哪裡？

聽我說，好嗎——

我是個好人，該死，我對天發誓。

池中男孩

The Boy in the Pool

「我們再看一次。」泰勒說。她坐得離電視很近，所以在播片尾字幕時，凱絲看到她的顴骨反射出冷冷的淡雅光芒。

「不是說要玩『輕如羽僵如木』超自然懸浮遊戲嗎？」麗茲出聲抱怨，但泰勒已經朝著錄影機爬過去。凱絲懷疑麗茲和泰勒同樣喜歡這部電影，但不好意思表現出來，泰勒則是一點也不尷尬：「妳們最喜歡哪一段？」

「嗯，全部。」麗茲說。

凱絲把空碗轉了幾下，倒出一把爆米花種子，吸吮上頭的鹽巴，好爭取時間。「我喜歡……」她開始說。電影播放期間，泰勒一度把膝蓋緊貼在一塊，身體微微搖晃，脖子下凹的地方泛起一片紅暈，凱絲則是緊緊盯著螢幕。「我喜歡那個女士把男孩壓到水中，然後他浮上來透氣那一段……」

麗茲茫然盯著她看，一陣令人暈眩的停頓，泰勒咯咯笑了，凱絲知道她猜中了。「啊，天啊，沒錯。他看她的樣子？想像一下有人那樣看著妳，比如艾瑞克．哈林頓，或者……」泰勒的眼睛飛快瞟向麗茲。「或者科帝斯先生，麗茲，想像科帝斯先生那樣看妳。」

「閉嘴。」麗茲一面說，一面拿枕頭扔泰勒。泰勒笑著把枕頭擋開，倒在凱絲的身上，還出其不意將頭靠在凱絲的大腿上。「嘿，這一段很棒。」她一面說，一面對著電視揮手，一個十幾歲的男孩在螢幕上做出反向的蝶式動作。「就從這裡看吧。」

凱絲離電視最近，但如果她換了位置，泰勒勢必要跟著移動。所以她等著看看麗茲會不會按下播放鍵，她按下了。

螢幕上有個男孩只穿著內褲在游泳，有個女人看著，她的嘴唇和尖尖的長指甲一樣紅。泰勒發出心滿意足的嘆息，放鬆靠在凱絲身上。女人從暗影中浮現，在水池最深的一端晃著腳趾，像在放誘餌一樣。凱絲不知道她的手該放在哪裡。男孩游到女人的跟前，說了一些凱絲聽不太清楚的話，怕泰勒的媽媽聽見，她們聲音轉得很小聲。女人開始玩弄男孩，戲弄他，讓他靠近又把他推開。凱絲決定把一隻手放在地板上，另一隻放在腿上。男孩抓住女人的腳，捧著它，親吻每一根塗了顏色的腳趾。麗茲噴出鼻息，「太誇張了，」她說，「誰會想吻別人噁心的腳？」凱絲輕撫泰勒的髮絲。男孩氣喘吁吁浮出水面，女人又把他壓到水中，他又踢又打，雙手抓住了她的小腿。男孩長得有點像瑞凡．費尼克斯，也像李奧納多．狄卡皮歐，有一雙溫柔受傷的眼睛。凱絲的手指順著泰勒太陽穴上的頭髮移動，在她的撫摸下，頭髮豎立起來。女人放開男孩，他浮出了水面，小水滴停在他的睫毛上，停在他羽狀的深色頭髮上。他睜開眼睛，用凱絲知道泰勒很愛的那個眼神看著女人，那個眼神說：**我願意讓妳對我做任何事**。泰勒很緊張，發出愉悅的顫抖，一陣火花般的興奮也爬上凱絲的背脊。女人笑了，親吻男孩，然後滑到他的肩膀上，男孩將頭埋在女人的大腿間。

那一夜玩超自然懸浮遊戲時，凱絲和麗茲將泰勒抬過頭頂，讓她懸浮在那裡，一點重量也沒有，奇蹟持續了瞬間，她才摔了下來。她們又MASH預測未來遊戲，知道了未來丈夫的名字。麗茲睡著後，凱絲和泰勒想害她尿褲子，將她的手放在一整杯的溫水中，結果沒有成功。

在接下來的幾週，這部電影仍舊是她們過夜派對的主要內容，不過泰勒的媽媽後來發現了錄影帶，把它沒收走了，她們便改看《腥風怒吼》。泰勒迷那部電影迷了一個月左右，但後來莫名其妙開始跟葛瑞塔．約根森黏在一塊，凱絲和麗茲都受不了葛瑞塔．約根森，所以她們吵架吵了幾週，等大家又是朋友時，過夜派對感覺是很久以前的事了。

但是，十年級時，泰勒想跟凱絲解釋她為什麼跟傑森．麥考利夫約會時，她說：「我喜歡他看我的樣子。」凱絲就想起了池中男孩。凱絲認為，池中男孩是一個會親吻妳的腳且為此充滿感激的男孩，是一個會受苦的男孩，一個會為**妳**受苦的男孩。她用這個概念向自己解釋，為什麼泰勒高中大部分時間都不停跟精神疲憊情緒低落的酒鬼約會？為什麼派對上常有完全的陌生人問她，她那位漂亮、受歡迎又成績優秀的最好朋友究竟是看上了他什麼——「他」是十幾個可憐無用的男孩中的任何一個。

凱絲平靜無事過完高中最後一年，隨即沉浸在與現實生活中第一個女朋友的愛情中，輕易忘記了她迷戀泰勒的那段歲月。確切來說，不是忘記，是稍微記錯了一點，把它記成只是一種非常濃烈的少女情誼，在某些方面確實就是這樣。不再迷戀後，她還是保留了一個習慣，就是非常非常仔細觀察泰勒，竭力理解判讀她的所有暗示。

有天晚上，她們喝得爛醉，泰勒又跟人分手了，又變得憂鬱愛哭。凱絲說：「妳真的是很糟糕，我不敢相信我愛妳愛了那麼久。」

這句話嚇得泰勒不哭了。「妳**愛**我？」她說。

「沒關係，忘了我說的話。」凱絲生氣地說。清醒後，她們誰也沒再提過這件事。

◆

三個朋友去了全國不同的地方上大學，泰勒在迎新週認識了一個新男生，叫加百利，在接下來的四年和凱絲漸行漸遠，和加百利的關係（凱絲主要是從麗茲口中得知）顯然成了生活的全部，沒完沒了的爭執，淚流滿面的決心，他們互相抓裂撕扯，然後再照顧彼此的傷口。在她們的人生中，泰勒的戀情頭一次讓她快要脫離生活的軌道。大四那年，她和加百利分手，加百利逃去了加州，她追了過去。加百利答應和好後，她大學就先休學了。麗茲去探望她，說她過得不大好，瘦下二十磅，這在洛杉磯或許是標準，但她伏特加奎寧水幾乎一杯接一杯地喝，眼睛下方有陰影，上臂有一圈的瘀青。

「妳看我們該不該干涉一下？」她問凱絲，但凱絲不願介入。

「她想要她想要的。」凱絲說。

我們不都也是嗎？

◆

十年後，凱絲和麗茲住在布魯克林。麗茲在非營利教育組織工作，凱絲是專攻契約法的律師。凱絲跟男人約會，也跟女人約會，麗茲則情路不順，談戀愛總自貶身價，令人覺得諷刺。泰勒還在加州，和加百利的關係總算結束了，但結束之前發生過出軌、企圖自殺、警方介入。麗茲知道的細節比凱絲多，每隔一段時間，她們三人會用Skype聯絡，通話中說話的大多是凱絲和泰勒，突然熱熱絡絡聊一會兒，好像什麼也沒改變過。不過通話總是麗茲提議安排的，當她太忙沒空協調時，凱絲和泰勒就好幾個月完全沒有說話。

離開加百利後，泰勒似乎過得好多了，換了工作，找了新的治療師，也完成了學業。根據麗茲報告說，她開始與某人約會，那人是幹製片還是什麼工作，一個叫萊恩的傢伙，似乎跟她很合。有天晚上，泰勒在Skype上宣布她和萊恩訂婚了。「太棒了！」麗茲尖叫起來，「這是我聽過最棒的消息！」

在她旁邊的沙發上，凱絲一時覺得迷惘與紊亂，靈魂像是突然從很遠的地方重新安放到身體裡。**萊恩？**她心想，**萊恩他媽的是誰啊？**——然後才恢復過來，表達恭賀之意，盡力模仿麗茲的狂喜語氣。

「當然，我希望妳們兩人都能參加婚禮。」泰勒說。

凱絲點點頭，麗茲也說：「我們絕對不會錯過。」但話題轉到場地、鞋子和衣服時，凱絲察覺泰勒有一絲的不安，好像想告訴她們一件她自己都不敢說的事。隔天早上，凱絲和麗茲吃早午餐時，凱絲的手機收到一封訊息，揭露了不安的理由。

凱絲的臉部扭曲得要變形了，麗茲看到一愣，把班尼迪克蛋要送到嘴邊的叉子停在半空中。「什麼事？」麗茲問。凱絲沒有立刻回答，她又重複問：「怎麼了？」

凱絲把手機轉過去讓麗茲看簡訊，麗茲的眉毛糾結在一塊，「哇！」

「她是認真的嗎？」凱絲問，「我從來沒**見過**這傢伙，她在洛杉磯沒有朋友嗎？」

「哇，這話哪來的？講這種話很壞。」

凱絲說：「妳是一直陪在她身邊的人，如果她要請我們其中一個做伴娘，應該邀請妳。」

「噢，她沒邀，所以囉。」

「那我不想當。」

「妳一定要當，」麗茲說。但麗茲錯了，那天晚上，凱絲連灌了三杯啤酒，然後給泰勒打了通電話。「聽著……」她開始一段漫無邊際的漫長獨白，又感傷又自私。「我對婚禮總是有一種非常非常複雜的感受……實在不是我喜歡的……最近手頭有點緊……六月是我工作最忙的時候……我想她不會表現出來，但我擔心麗茲真的覺得受傷……」

泰勒勇敢地聽著，只是偶爾插一、兩句「欸」和「當然」。二十分鐘後，她們同意由麗茲擔任伴娘，凱絲是「名譽伴娘」，具體的責任待定。

「婚禮產業集團本質是資本主義與反女權主義，我不支持。」下一次，她們見面喝酒時，凱絲這麼告訴了麗茲。

「另一種解釋：妳是沒心沒肺的婊子。」

「我會讀首詩什麼的。」凱絲說。但她沒那麼容易脫身，幾天後麗茲通知她，她要負責規劃告別單身派對。

「所以像準備特殊頭冠和老二吸管？」

「不，」麗茲說，「**不要**特殊頭冠和老二吸管，幫我個忙，把妳的頭從屁股拉出來兩秒鐘，想個她會喜歡的。」

所以凱絲努力了，她很努力，連自己也吃了一驚。她給其他將出席婚禮的女性發出電子郵件，問問有沒有人吃素、有宗教信仰或懷孕，用電腦做了表格，協調每個人的偏好與方便時間。她把可能縮減到三個可靠的選項，然後進行民意調查，結果出來後，打電話給麗茲，宣布她們將在內華達山脈小木屋舉辦週末告別單身派對。麗茲上了小木屋的網站：巨大的壁爐，豪華的泡澡池，絕美的風景。她驚呼：「妳做得太好了！」

凱絲對自己的工作成果感到驕傲，和泰勒有了幾次愉快的對話，就她們兩人。她知道了更多萊恩的事：他是哪裡人（克羅拉多州），他和泰勒怎麼認識（eHarmony交友網站），泰勒最愛他哪一點（穩重，誠實，關心環境，有著親密但不會**太**親密的母子關係）。也許這將是她們友情健全的第二幕的開始，距離拉近了，舊傷終於癒合了。

然後災難來了。麗茲雙膝蜷曲坐在凱絲的沙發上喝著酒：「事情是這樣的，泰勒不好意思告訴妳，但她想改變告別單身派對的計畫。」

「什麼？她不喜歡小木屋？」

「沒有，她本來是喜歡的，她還是喜歡。但我猜情況是這樣的，萊恩決定跟他的朋友去拉斯維加斯，他們一定會大賭特賭，喝得昏天暗地，還會請脫衣舞孃來。泰勒覺得女孩子在山裡過週末被他們比下去了。」

「脫衣舞孃？我還以為萊恩是──很有責任心的人。」

「他是，這不像他的性格，我想這就是她為什麼這麼難過的原因。」

凱絲打了一陣冷顫。「所以，現在怎麼辦？」

「她只是想要稍微……瘋狂一點的事，就像單身漢派對是為男人辦的，在她定下來以前，這是享受小小刺激的最後機會。」

「如果她認為嫁給這個傢伙會結束所有的刺激，也許不該結婚。」凱絲說。

「別那麼誇張，妳可以計畫點別的，還是不能？」

「我想不出她會喜歡什麼。」

「就試試看，好嗎？她很需要這個，做朋友該做的。」

凱絲試了又試，想出無數點子，可全都不滿意。一個男人帶所有朋友去拉斯維加斯，那女人做什麼才比得上？一群醉醺醺的女士，放聲尖叫，把美鈔塞進某個身上抹油的帥哥的丁字褲裡？那不狂野，不性感，也不逾矩，那是玩笑。一個打扮成警察的傢伙來敲門，然後脫了褲子？想得太認真，搞得她生氣了。熱情的泰勒，她的**欲望**比凱絲所認識的任何人都強烈，值得擁有比這些侮辱人的愚蠢模仿更好的，但泰勒要什麼呢？

◆

嘿，麗茲，泰勒那件事的預算有彈性嗎？

不知道，也許有。為什麼問？

如果我多出一點$給泰勒驚喜，妳也可以嗎？

當然可以，妳計畫什麼？

啊——還不想告訴妳，一個瘋狂的冒險，如果我成功了，妳就會知道了。

第一個難題來了：她連電影名稱都記不起來。泰勒是在無意間錄到了，她本來要錄別的，但時間設定錯誤，最後錄到這部她們聽都沒聽過的低俗三級恐怖片，連十二歲的她們也知道是一部爛片。要不是泰勒超迷主演的男孩，她們還尷尬得看不下去。

那個男孩。她知道他的名字嗎？感覺曾經知道，她認為名字只有兩個字，查德或尼克或布瑞，也許全名很長，當時很多演員都那樣——查德．麥可．尼克森。尼克．布瑞利．查德森。布瑞．查德．達德森。

不對，想不起來。

好吧，那麼電影裡究竟發生了什麼事呢？嗯，有一場性愛戲，池中有個十來歲的男孩，就是那個查德—布瑞—什麼什麼的，另一個是一個年長女人，後來發現原來是什麼吸血鬼，那一場戲她幾乎可以一個畫面接一個畫面記起來。但不出所料，用「**電影 性愛場景 吸血鬼 女人**」關鍵字在Google找不出結果，加上**九〇年代**或**Cinemax頻道**也沒用，加上**口交**同樣一無所獲。還有呢？她絞盡腦汁回憶，不是有個……挖墳的人？復活？她記得一個畫面，男孩和女人一塊躺在棺材，男孩依偎在女人胸前，好像還有一把刀，對，刀子必須藏起來。還是那是另一部電影？感覺不可能，她知道不是，但已經想不起別的了。她只需要一個細節，一個可以搜尋的細節，一個就好。

半夜三點時，她想到了，想到了另一幕。女人、另一個男人和男孩，那時他們三個都是吸血鬼了，一塊躺在床上互相吸血。這他媽的**是**什麼電影，她們才十二歲，竟然坐在一起傻笑，吃爆米花，看恐怖色情片。但這個男人可能是女人的丈夫，或是吸血鬼主人，或是吸血鬼製造者——他給了男孩一個……疤，還是刺青？她記得那男孩的背部，男人和女人陰森森逼近，他們在他身體上寫了一些東西，寫了，寫了……她不記得了。

但她**差不多**要記起來了，因為泰勒隔週上課寫在筆記本上，有一顆心，一把滴血的刀，還有一句話，那句話跟愛有關。凱絲記得，因為泰勒後來把筆記本忘在她家，她一直沒還回去；她把那句話讀了十幾遍，用手指描繪泰勒的白日夢：

愛情——

愛情——

她的記憶像一張跳針的唱片，在刮痕處不停往上跳。

愛情，愛情。

她後退，重新出發——

愛——

愛——

愛情生——

愛情滋生——

接著縱身越過了深淵。

愛情滋生怪獸。

就是這句，這句就夠了。

◆

摘自IMDb：

賈里德．尼可拉斯．湯普森是演員、編劇和製作人，最知名的作品是他的出道之作，他在《血罪》（1991）飾演無名的「池中男孩」，這部電影直接發行錄影帶，一九九〇年代初期經常在閉路電視頻道深夜時段播出。他還演出了《救救我》（1994）、《突破極限》（1995）和《致命曝光》（2000）以及人生娛樂電視網原創電影《妹妹的承諾》（1993）。在中斷演戲的十年間，他做過木匠、專業舞蹈演員與保母，返回影劇圈後，賈里德轉到幕後，擔任編劇和製作人，最新企劃是網路連續劇《老爸地帶》（製作中），與他的老友兼合作夥伴道格．麥克英泰共同製作。湯普森目前與妻子、六歲兒子住在洛杉磯。

池中男孩如今已經是男人，快四十了，眼旁有一圈淡淡的皺紋。他有推特帳號和YouTube頻道，還有一小群熱情的女影迷替他經營臉書網頁，放肆直呼他的名字。這些女性大多似乎是他「池中男孩」之演出的影迷，卻假裝對他近期的企劃感興趣，顯然想吸引他的注意：**@jnthompsn的新連續劇讓我好興奮#老爸地帶——從#池中男孩就是影迷了。**賈里德忠實轉發所有提到《老爸地帶》的內容，忽略那些提到他早期作品的淫穢貼文（**找到舊日#裸體無極限頻道的迷戀對象@jnthompsn——老天仍舊超級超級性感的**），凱絲構思第一則訊息時記著這一點。

在一九九〇年代恐怖三級片中以無名角色創造名氣巔峰的演員機會必然有限，凱絲晚間七點寫信給他，他午夜過後不久就回信，兩天後他們約好使用Skype聯絡。他的臉出現在她的電腦螢幕上，比記憶更清晰，是一個來自往昔時光的生動使者。

賈里德嗓音溫柔，有點沙啞，笑聲意外地高亢清澈。他老了，但很恐怖，幾乎沒變：同樣蒼白的皮膚，黑色的頭髮，迷茫的大眼。在交談的頭幾分鐘，凱絲巧妙閃避打電話給他的具體理由，試探著他。他表情豐富的面容也許是他做演員的最大優點，但在磋商時那表情完全背叛了他，當她暗示他可能不是她要找的，他就枯萎了，當她稱讚他，他就像一株剛澆過水的植物飽滿挺直。

她跟他解釋這個機會，避開細節不談，只強調她會給他多少錢：兩個小時的出勤費是五百美元，如果一切順利，另外有五百美元獎金。他答應前遲疑了一下，她懷疑他是否知道現在究竟是什麼情形，她確信要是提起**告別單身派對**，他一定會拒絕她的邀請——他顯然渴望被人嚴肅對待，她猜想螢幕上的純真少男老了，背負著無謂的自尊。但是，無論如何，告別單身派對的定義又是什麼呢？她們不過是一群有興趣見見他的女人罷了，禮貌的閒聊，幾句的調情，看看能不能說服他脫下襯衫，或許也看看能否把他哄下水池。

尋獲驚喜嘉賓後，凱絲把派對地點從內華達山脈小木屋改到洛杉磯的鬧區旅館，僅限女士的健行、營火和地下室睡袋都沒了，改為團體紓壓按摩日：芳香按摩、卡拉OK、跳舞和大量暢飲的葡萄酒。她負責安排、預約、下單和找人，然後飛去舊金山。泰勒來接她，她們很久很久沒有見到對方了——**多久了？**她們擁抱時互問，**時間過得真快，真的可能有那麼多年嗎？**

泰勒的玫瑰金訂婚戒指上頭鑲著稜鏡似的大鑽石，朝她的車頂噴出了彩虹。在這幾年間，她也幾乎沒什麼變化——凱絲唯一真正察覺到的不同，是她的手指關節無疑粗了一圈。她和萊恩同居的回音公園平房布置得非常漂亮，光滑的白色牆壁閃爍著明亮的幾何藝術，冰箱上掛著白板，泰勒謹慎圓潤的筆跡在上頭列出婚禮相關事項清單，清單的標題是：親愛的待辦之事。

麗茲那天晚上抵達，不像凱絲，她記得給女主人帶禮物。雖然這是她們三人高中後頭一次在同一個屋簷下，大家早早就上床睡覺了。第二天早上，告別單身派對就從一頓拍照上傳Instagram的豐盛早午餐展開了。

一天下來，她們從早午餐轉移到紓壓保養中心，再轉戰西班牙調酒酒吧，享受優惠的歡樂時段。在這段時間，凱絲始終不由自主在泰勒的臉上尋找任何未來的跡象，十年後她是否會環繞在富足之中呢？健康的孩子，雜草叢生的院子，凌亂而歡樂的房子？她的腰會不會多了幾磅，頭頂多了幾根蓬亂難馴的白髮？還是她也成為了那種以沙拉和壓力為生的女人，身體打了肉毒桿菌，漂了白，屈服於飢餓，陷入與肉體無止盡的戰爭中？

天啊，凱絲，鎮定一下。一個更理性的聲音在她腦中響起，很像她大學時代治療師的聲音，柔聲詢問這些焦慮是否確實與泰勒和她的選擇有關。好幾個前任曾經告訴凱絲，她擅長把與她無關的事變成與她有關，所以可能是別的問題嗎？但她拒絕最明顯的答案，也就是她仍舊暗戀著泰勒。她不知道怎麼形容——每一次看著泰勒都有一種自由落體的感覺，好像雙手一次又一次在虛空中闔上——但她認為她知道不該把它稱為愛。

接著，到晚上了，她們坐在掛滿小彩燈的旅館露臺，旁邊有一座無邊際泳池朝地平線溢出，創造出能從瀑布跌落到洛杉磯閃閃發光夜空中的幻覺。婚禮女賓已經共度了八個小時的時光，事實證明——幹得好，派對策劃！——實在是太久了，人人臉龐都因為過度微笑而緊繃痠痛，而且由於太早開喝了，即使覺得自己越來越像廢物，還是得繼續喝下去，阻擋正在逼近的宿醉。彼此不認識的已經想不出閒聊的話題，那些經常見面的也已經無話好說了，泰勒下午開始和萊恩傳簡訊，不停抓起手機又推開，凱絲看那樣子就知道他們吵架了。

賈里德應該在晚上八點抵達，但遲了一個多小時。他堵在路上，不停發送致歉的訊息，以洛杉磯特有但難解的方式報告最新狀況，說他剛剛通過了哪個高速公路出口。客人大多吃飽了，幾個開始試探地吵著說要回家（**天啊，我不敢相信自己累成這樣，自從我早上開始去上肌力訓練團課後，差不多九點就上床了**）。凱絲拋出線索，暗示即將要發生的事，把她們給留住了，但她的暗示聽起來都像是有個脫衣舞孃會帶來驚喜。賈里德傳簡訊，說終於找到停車的地方，正要進來了，凱絲就用手擋住眼睛上方，掃視人群，他卻從一個意想不到的入口進來，所以第一個看到他的是麗茲。

她聊天聊到一半停下來，瞇起了眼睛。「那個傢伙……」她說，「看起來很眼熟。」她用手肘推推忙著傳訊息的泰勒。「我們認識他嗎？他是不是很有名？」但泰勒沒有立刻抬頭，所以是另一個女人——一個凱絲連叫什麼都不知道的女人——大喊，音量大到引起賈里德的注意：「啊，我的老天，妳們這些人！是那個傢伙！那部電視電影裡的！它叫什麼——妳們記得我在說什麼嗎？池中男孩！」

餐桌爆發一陣混亂，足足有三分之一的女人認出賈里德，也確實知道他是誰。

我以前好迷那部電影！

我不知道還有人記得！

他還是好帥！

我以前超級喜歡他的！

賈里德像受驚的馬晃著腦袋，一副要逃的模樣。凱絲站起來，在頭上揮動雙臂，向他打招呼。「賈里德，」她說，「**太好了**，你趕來了，這邊。」女人興奮地嘀嘀咕咕，賈里德像待宰羔羊，一喚就過去。

麗茲問：「是妳邀的？他為我們來這裡。」

「他是為泰勒來的。」凱絲說。成年原來是一個如此奇妙的地方，藉由社交媒體和一千美元的力量，她從一捲古老的VHS錄影帶中喚出泰勒的夢中情人，還把他帶來這裡，讓他活了過來。

凱絲拉著受到驚嚇的賈里德的胳膊，轉向泰勒獻上禮物：「賈里德，我想讓你見見泰勒，她是你多年的粉絲。」

凱絲剛剛實現了泰勒十幾歲的夢想，泰勒看上去卻**沒有**凱絲認為應有的感動。她伸出手要跟賈里德握手，但賈里德領會了凱絲的犀利眼神，張開雙臂準備來個擁抱。他們擁抱時，凱絲密切留意細微的顫動，聆聽泰勒的原始含蓄中的一聲霹靂。她雙手貼在他背上時是不是多停了一下？她是不是故意把頭轉向他的脖子，聞一聞他的氣味？也許有，也許沒有。

泰勒往後退開。「你能來真是太好了，」她說。她表現得像是一個成年的女主人，而非一個喘不過氣來的少女。「我很抱歉——我當然知道你是誰，但能否提醒我你叫什麼名字？」

賈里德微微欠身，做了自我介紹，引得桌子一陣咯咯笑。「所以，」他說，

「妳快結婚了？」

泰勒一個熟練的動作，展示出戒指。「對，」泰勒說，「我相信凱絲跟你說過了，但我們小時候你可是我們過夜派對上的明星。」

「沒有，」賈里德說。他對凱絲露出牙齒。「她沒提過那件事，真有趣。」他說。他們互相露出緊繃的笑容，直到麗茲跳了進來。

「賈里德！你這段日子都在忙什麼？還在演戲，還是……？」

賈里德開始隨意解釋起《老爸地帶》，泰勒對凱絲揚起眉毛，不出聲地說：**我不敢相信妳做出這種事。凱絲炫耀地聳聳肩膀。**

「賈里德，」凱絲想炒熱氣氛，便問：「能替你點杯雞尾酒嗎？」

「不用了，謝謝！」賈里德愉快地說，「我不喝酒。」

「賈里德！」一個女人插嘴，「告訴我們拍《血罪》是什麼感覺，你怎麼拿到那個角色的？」

「其實，說來很好笑……」一桌女人通通朝他的方向湊過去，如同陽光下的花朵。雖然他非常渴望被嚴肅對待，凱絲很清楚這不是他第一回在晚餐餐桌上笑談二十年之久的淫欲。他是八面玲瓏的交際草：專注，迷人，以柔道般的速度轉移公然挑逗的方向，這份能耐真令人驚嘆。一次又一次，女人想跟他調情，一次又一次，他擋開攻勢，回到《老爸地帶》主題。最後凱絲開始覺得她們陷入交戰狀態：她的目標是把這一夜推向性、冒險、刺激……他則彬彬有禮地想哄死她們。

三十分鐘滴答滴答過去了，然後是一個小時，然後是一個小時二十五分。女人似乎頗為愉快，不停對客人提出問題，但凱絲真想咬破玻璃酒杯，感受一下嘎吱嘎吱咬碎玻璃的滋味。她為了這場影迷見面會付了**他媽的一千塊**？

「賈里德。」她聲音突然粗了，她知道自己醉了。她說：「我有個主意，你想下去游泳嗎？」

「哈，哈！」他說，「妳不覺得游泳有點冷？」

「我不覺得，」凱絲說，「我、麗茲和泰勒在麻州長大，我們在比這冷得許多的天氣也跑去游泳。」

她看著另外兩人，等她們證實這番話，泰勒沒理會她，麗茲卻露出邪惡的笑容應付這個局面。「游泳可能會很好玩，」她說。她握住泰勒的手腕，「記得那次我們翹了高三的法語課，跑去冰穴池塘嗎？」

泰勒傳簡訊傳到一半抬起頭，「然後渾身溼答答溜回學校。」

「結果史旺老師就說：『妳們兩個怎麼全身都溼透了？』我們就說：『我們上完體育課後需要洗澡！』」

凱絲知道這個故事，因為麗茲老愛提起——這是她與泰勒為數不多的共同故事之一——但凱絲願意抓住任何機會打破這一夜的僵局，所以她對麗茲露出鼓勵的微笑。

「來嘛，去嘛，我們去游泳。」麗茲說。其他女人懂了，跟著也鼓譟起來。

泰勒說：「我不知道耶……」她們一面用拳頭輕輕敲打桌子，一面反覆呼喊要她答應：「泰勒！泰勒！」她終於答應了。

微醺的女人朝泳池轉去，一面走，一面脫下鞋子，扔開提包，賈里德卻照樣坐著不動，手臂交叉在胸前。

凱絲站在他的旁邊，「你不去嗎？」

「不了，」他說，「我想那我就不參加了。」

他厭惡她把自己牽扯進來，這很明顯，但那又如何？她也厭惡他，他就跟避雷針一樣，可以避開狂野魯莽的精力，是欲望的目標，不是欲望的源頭。

「來啦，下去泳池。」她說。

「不，謝謝妳，我沒帶泳衣來。」

「嘿，」她湊近說，「我付了很多錢讓你來這裡，所以你他媽的別給我胡鬧了，跟我的朋友去游泳？」

賈里德皺著眉頭，直直盯著前方，沒有看著她。她猜想這僵硬、呆滯和自尊底下藏著羞恥。「行行好，」她說，「這對泰勒意義重大……」但當他沒有回答時，她補了一句：「我加一百美元。」

「兩百。」他冷冷地說。

「好，但接下來的半個小時最好很精采。」

他脫了鞋子，走向泳池，邊走邊脫掉襯衫。這個動作太流暢了，她不禁懷疑他心裡有幾分知道這一晚其實會有什麼發展。「**女士們**。」他油腔滑調地說，充滿了自嘲。賓客仍舊聚在池畔，還沒鼓起勇氣跳下去。賈里德把襯衫揉成一團扔到一旁，叉開雙腿站在泰勒面前。「雖然我很想相信妳們都被我網路連續劇的點子所深深吸引，但妳的朋友很好心提醒我，我受邀到這裡是有理由的，」賈里德說，「誰想和我一塊游泳啊？」他帶挑逗意味地扭了扭屁股，解開腰帶，把腰帶從皮帶環中抽出來，拿在頭上方旋轉著。

客人又是歡呼又是讚嘆，凱絲卻又是尷尬又是氣急敗壞。他所做的正是她所害怕的，她找他就是要避免他把自己變成一個笑話，而且拉著泰勒一塊。他扭動身體脫下牛仔褲，隨著想像的音樂跳舞，手順著大腿往下撫摸，泰勒在一旁看著，顯然覺得羞辱，像是不情不願成了主題餐廳服務生表演生日快樂歌的對象。去你的，賈里德．尼可拉斯．湯普森，凱絲心想，你去死吧。

賈里德的長褲堆在腳踝邊，他只穿著內褲，仍舊像個傻瓜在跳舞，但至少看上去是他應有的樣子：靈活，無毛，肌膚柔嫩。他非常努力讓自己出醜，但他還是很漂亮。凱絲注意到這一點時，發現泰勒也察覺到了——不是因為她出現了明顯的表情變化，而是因為她臉龐線條軟了不少。

賈里德做做伸展動作，背部一陣喀喀響，腋下露出兩團濃密的黑毛。泰勒舉起手把馬尾的髮圈扯下來。接著，賈里德冷不防一個俯身，跳進了泳池中，笨手笨腳，把離池畔最近的女人潑得渾身溼透。有個女人拿出手機開始拍照，「再說一次，婚禮在社群網站上的主題標籤是什麼？」她低聲問，但沒有人回答她。

◆

池中男孩游著蝶式，如同他在二十年前的電影裡一樣，手臂像演戲一般以完美的同步動作墜入水中，其他身體部位上下起伏，一波接著一波，腹部、臀部、大腿依序擺動。每次游完一圈，他就浮誇地踢腿，一個轉身，留下串串香檳般的泡沫。過半夜了，她們還不如到破爛的汽車旅館，因為她們每個人只聽得見他在水中翻騰的聲音。他游了三趟，在水中游完最後一段距離，身體如一條閃閃亮亮的緞帶，在靜止的池中顫動著。他游到盤坐在池邊的泰勒面前，踩著水耐心等待她站起來。她做夢似地，眼睛半張半闔。她脫掉涼鞋，把腳伸出去給他。他抓住捧在懷中，然後只瞥了凱絲一眼，就把泰勒的腳趾頭深深吸到嘴裡。全部女人都屏息看著。一支轉為靜音的手機被遺忘在桌上，亮起三次，又暗了下來。泰勒把腳抽出來，輕輕地搭在他裸露的肩膀上，用力把他往下壓。他沉了下去，兩手握著她的小腿，時間一秒一秒過去了，凱絲知道這只是遊戲，是一場付費演出，還是忍不住想像他困在水底掙扎，等待泰勒允許他呼吸。他最後喘著粗氣浮出水面，髮上的水珠如鑽石般閃耀。他抬頭凝視泰勒，泰勒低頭看他。

啊，凱絲想，**我做到了，我給了她她想要的，現在會發生什麼呢？**

泰勒笑了。「我想今晚就這樣吧。」她說。她把腳抬出水面，這時凱絲走到她的身後，雙手放在她的肩上，將她推入了水中。

傷痕

Scarred

我發現書被塞在圖書館的書架後方。其實根本算不上是一本書，沒有封面，只是一疊釘在一塊的影印資料，後面沒有插卡片的空間，也沒有那種掃描用的小條碼。我把它捲起來放到口袋，直接從圖書館員的身邊走過。造反啊造反。

回到家，我翻開第一頁，完全按照指示去做。我用粉筆在地下室地板畫出一個圓圈，從櫃子拿出羅勒和黑莓，壓碎後，像調製夏日花式雞尾酒那樣混在一塊，加上一截我燒焦的頭髮，一滴新鮮的血（用一根針從大拇指的肉中擠出）。不是因為我相信它會為我帶來內心的渴望——我甚至不確定我有這樣的渴望——而是因為我這一生讀了很多的書，知道發現附近圖書館書架後面藏著咒語集時，你至少得試一個。

我很失望，什麼也沒發生，但我不意外。我翻看書的其他部分，好奇還能變出什麼：財富，美貌，權力，愛。似乎都有一點多餘，至少有幾個是包括在**內心渴望**這一類底下。坦白說，整個概念對我來說有點太「新時代」，我站起來準備要走，動作快點的話，還能趕上酒吧的優惠歡樂時段。想到夏日雞尾酒，我覺得口渴，地下室瀰漫著燒焦頭髮的味道。

他本來不在，接著他出現了。他的膝蓋在水泥地上磨破流了血，他的手掌往外張開，好像摔了一跤。他低下頭，像剛洗完澡的狗一樣發抖。

赤裸裸的。

我差點笑了。那是我大腦第一個又開始工作的部分，那部分想著：**一個赤裸**

裸的男人，多麼如實的渴望的定義。接著，其他的大腦部分趕上了，我放聲尖叫，爬上地下室樓梯，結果絆了一跤，摔到門上。

慌亂中，我伸手去抓門把。這時他站了起來，搖搖擺擺，腳踝扭來扭去讓我害怕。他踉蹌了一下，然後恢復了平衡。

他抬起頭看著我。

「別怕。」他說。

只是，他有口音，可能是蘇格蘭口音，也可能是愛爾蘭口音，所以他吞下a，而r變得又長又有刺，聽起來像「別留傷痕」。

終於我用力把門打開，然後砰一聲關上鎖起。我跑進廚房，從刀架下抓起兩把最大的刀，蹲下擺出防禦姿勢。我以為他會來追我，把門踢開——門很脆弱——但三十秒過去了，地下室一片寂靜。

我繼續拿好刀子，慢慢挪到袋子前，用手肘把袋子撞翻，手機飛出來，掉到桌子上。

我可以打九一一，甚至不用解釋。「我家有個沒穿衣服的男人。」

「他怎麼到那裡的？」

「我不知道。」

他們就會拉著警笛過來。如果他們抵達時，他消失了——一切都是我的幻覺——我可以告訴他們他從窗戶逃走了。報警是一個低風險的解決辦法。

但是——

如果說荒謬感是我第一個從震驚中恢復過來的大腦部位，其次是恐懼，那麼好奇心就是行動緩慢的第三個。

我施了**魔法**。

有時，在故事中，人遇到了超自然現象，他們的反應是恐懼，因為現實的結構碎了，他們面對曙光乍現的意識：曾經相信的一切全是謊言。低頭盯著手機時，我就是這個感覺，只有一點相反：不是恐懼，而是一種越來越欣喜的暈眩感。這就是那種書所允諾的，**我就知道**，我心想，**我就知道世界比它假裝的更有趣**。

◆

我把手機放在後面口袋，細心確認我知道打緊急電話要按哪一個鍵，然後穿上黑色皮夾克，一來是為了保暖，但主要是為了強化心理。刀子準備好，我開始走下樓。

他還在圓圈的中央，跟我離開時一樣。

如果我從頭髮、眼睛顏色和臉型來描述他，效果會是完全錯誤的，因為他是我最深切渴望的活生生化身，不是你的。你必須想像你自己的裸男，我只能告訴你一點：他比我所期待的更大，更完整具體——這句話只有一半是黃色笑話。他一點也不漂亮，一點也不娘娘腔，也沒有天真無邪的感覺。所以，如果這就是你想像的，重來吧。

我坐在樓梯最高階，拿刀對著他。「別動。」

「我不能，」他說，「妳看。」他往前走了半步就往後退，像是撞上一面玻璃門。

看起來很像是一回事，但我認為宇宙給我送來一個沒穿衣服又會撒謊的啞劇演員。我又拿刀對著空氣一刺，以示警告。

咒語集在下面一級的臺階上半開著，我伸手去拿。

我又看了一遍咒語那頁，尋找線索，但只看到最上頭的標題，模糊的古老字體寫著：內心的渴望。

「你是誰？」我問。

他張開口又閉上，用雙臂抱著自己。「我不知道，」他說，「我不記得了。」

「你不記得你的名字？還是你什麼都不記得了？」

他搖搖頭，「一切，」他傷心地說，「都不記得了。」

「你會實現願望嗎？」

「不會，」他說。他嘴角上揚，露出一絲可憐的笑容。「至少我是不知道，我想我們可以試試。」

「我想要一隻貓，」我說。就這麼脫口而出，我試著想出一個不危險的小東西，一個我知道會立刻出現的東西。「不不，停止，我收回那句話，我不想要貓，那不算數，我想要一億美元，用美鈔，不要硬幣，我要百元鈔票，就在我的面前，變吧。」

男人用一種微微覺得好玩的表情看著我，當貓沒出現、錢也沒出現時，他雙手往上一攤，咧嘴笑了。「抱歉，」他說，「我想是不行的。」

他的笑容讓我突然臉龐泛紅，但我忍著不要報以微笑，那就是我對美的反應，女人男人都一樣：一開始受到吸引，接著退縮，被自己淺薄的衝動所支配，然後對詭計感到憤怒。

「這裡有點冷，」他輕聲說，「不知道我能不能有條毯子？」

「我考慮看看。」我說。

◆

我在樓上踱來踱去，把刀子不停翻來覆去。我有個想法，好吧，就給那個裸男一條毯子吧！但另一個念頭反對，這個咒語沒那麼簡單，如果不是妖術，起碼也是個狡猾的魔法。因為他如果說：「我是兒科腫瘤專家，但業餘時寫詩。」好吧，那也許是內心的渴望。但一個英俊的健忘症患者對我有什麼好處呢？還有，從歷史來看，粉筆畫的圓圈裡會出現的是惡魔與惡鬼，不是潛在的男友。給他任何東西都代表在圓圈上架橋，讓他自由。如果這件事搞砸了，我可能再也沒有機會挽回了。做任何事之前，必須再看一遍咒語集。

他不會有事的，畢竟地下室**沒那麼**冷。

◆

幾個小時後，我下樓時，我的客人坐在地上，緊緊抱著雙腿，樣子很蒼白。圈子另一邊有個地方溼溼的，地下室現在不只有頭髮燒焦的味道，還有尿騷味。糟糕。

「對不起，讓你等了這麼久，」我說，「我現在去給你拿毯子，我會跑上樓給你拿個開特力飲料的空瓶還是什麼的。」

男人抬頭看我。「聽我說，」他說，「我知道這對妳來說一定很奇怪，但我發誓，對我來說更奇怪。妳要我怎麼做，我就怎麼做，我保證，我不會傷害妳，但請妳至少試一試：如果妳把圈子稍微弄模糊，或是洗乾淨，也許我就能夠出去，我們可以上樓好好談談？」

「欸……」我說，「我不會那樣做，對不起，只是那個，你可能是惡魔什麼的，我不能冒那個險，但我認為我想出了弄清楚的辦法。聽著，如果我可以穿過圓圈，我會給毯子。我希望你接過去，但我希望你的手就留在那裡，留在邊緣我可以碰到的地方。不要亂來，聽懂了嗎？」

「聽懂了。」他嘆了口氣。

我把毯子塞給他，他接了過去，一隻手照我的吩咐繼續伸出來，我用刀鋒在他手臂上劃了一痕。

「搞什麼鬼？」他大叫一聲。他往後跳的時候，撞上另一側的粉筆圈，頭敲到了，人從看不見的障礙物滑下來，好像什麼也沒有的空氣抓住了他，看著讓人好糊塗。我無意在他身上割得那麼深，一條粗粗的紅線從他的前臂湧起，他驚恐地盯著我，把背緊緊貼在圓圈的另一側，好像推得夠用力，就能夠衝破圓圈。

「手臂再給我。」我說。

「才不要。」他用另一隻手托著手臂回答。

我從後面口袋拿出一團紗布。「我需要你的血，」我說，「抱歉，我只是需要檢測一樣東西，做好了，我會立刻放你出來，我保證。」

他竟然對我**大吼大叫**。「去妳的，給我滾開，妳這個瘋婆子。」他說。

◆

第二天早上，我拿著托盤下樓，上面擺滿了隔壁咖啡館供應的各式美味：熱氣騰騰的法式烘焙咖啡，加了濃濃的鮮奶油和糖；奶油香氣十足的酥脆牛角麵包；

滿是紅漿果的優格百匯；洋蔥貝果切片，不只塗滿奶油乳酪，還鋪了層層疊疊的粉紅色燻鮭魚片。地下室比之前更臭，但食物的香氣還是穿透過去。

我把盤子放在地上，眼光迴避圈子中最髒亂的地方，我的客人則用惡狠狠的眼神打量我。如果我搞錯了咒語集的作用，宇宙卻一直要把我的靈魂伴侶送來給我，我一定會錯失了良機。

他咬牙切齒對我伸出手臂，上頭的傷癒合了，變得又黑又硬。

「把另一隻手臂給我。」我說著又把刀子拿出來，他瞪著我，噘著嘴，一動也不動。

◆

我知道，我知道，但聽我說——我看錯了。「內心的渴望」印在書頁最上頭，那不是咒語的名稱，而是書名。第一個咒語其實沒有名稱，就像我召喚出現的那個男人沒有名字一樣。但下一個咒語「財富」需要一長串的材料，除了銀子、杜松、綠蠟燭和迷迭香以外，還包括了——不是血而已——是心臟的血，同樣以模糊的字體寫著。前一晚我也試了這個咒語，在大拇指上戳了一個小孔，但什麼也沒有發生，我需要他的血，我必須從他身上取得血。

我指著他仍舊碰不到的食物。「需要等多久，我都等。」我說。

◆

圈裡的男人狼吞虎嚥吃著早餐時，我在地下室施了咒語。沒有一疊又一疊的鈔票奇蹟似地出現，我正要打電話報警，找他們來逮捕這個闖入我家賴著不走的瘋子，這時電話響了，電話號碼不詳。

如果親人離世後把一切都留給你，而你跟他們關係非常遙遠，也不大了解他們，所以不會傷心，那你會被稱為**哈哈大笑的繼承人**。

◆

除了毯子，我還給他一顆枕頭，一條短褲，一個露營用的那種小廁所。他要多少水和美食，我就給多少，只要他合作。「行行好，別這樣。」我回來時他說，但你會怎麼做呢？

一週後，他想從我手中奪下刀，將我跟他一塊拖回圈子，但他晚了一天，我已經施了**力量**咒語。

◆

我發誓，我對他好得不得了。我不再割他的手臂，而是盡可能輕輕將刀子滑過他的背部，還替他用繃帶包紮。傷口癒合得算是不錯，尤其以潮溼地下室的條件來說，不再出現難看的硬皮傷口，只有一張粉紅色細線交織成的網子，漂亮地褪成了銀色。

這不容易，就算幾週過去了也一樣。以前從來沒有人怕我，而他每一回看到我就退縮，我感覺好像心被釘子勾住了。

直到完成第三個咒語**智力**，我才能清楚辯解。沒有名字的，沒有歷史的，完全符合我渴望所訂製的身體……連他那輕快的語調也是來自我某個夢境深處。我不只召喚他，還**創造**了他。因此，既然我是以香草、鮮血、魔法和渴望把他召喚出來，他就不那麼真實了。他是書的另一部分，如同咒語本身或咒語之前的材料表。他不是一個人，其實不是，而是一個想法，是我的大腦和紙上文字遊戲產生出來的。

智力是份好禮物，應該先召喚它的，因為我之後睡得香甜多了。

「妳看起來不一樣。」有天早上他這麼對我說，這是真的。有時必須花上幾個小時或幾天的時間，才能解開糾結纏繞的邏輯細紗，在曲折的過程後，繼承了財產，或以驚人的速度被拔擢為執行長。但有時我一醒來就不一樣了，**力量**、**智力**與這次的**美麗**就是這樣的。

「沒錯。」我說。我已經頗確信他根本不真實，所以詫異自己竟然非常享受他當時給我的眼神——渴望它，渴望他。如今我擁有了自己的美麗，自己的一套把戲，可以稍微卸下戒心了。

我開始花越來越多時間在地下室，他沒怎麼回嘴，但至少會聽。我們都很孤獨，我不能和誰說這些在我身上發生的驚奇，在狹窄黑暗的小圈子獨自待了漫長的數日後，他不禁渴望我的陪伴，也可能他這一點假裝得很好。

有天深夜，我喝得醉了，向他保證，等我完成後，等書用完後，等沒有更多的咒語可施的時候，我會讓他離開圈子，與他分享這一切。**畢竟**，我含糊地說，**這是我的，也是你的**。我不是天真——我知道永遠不能相信他，但他是那麼可愛，我忍不住想要他，我現在也習慣得到我所想要的。當然，我知道他不會原諒我，沒有我的幫助，是不能原諒我的。我盡量避免看清楚即將到來的咒語——感覺有一種奇妙的失敬感，好像直接跳到書的最後一頁——但我知道最後一頁的標題是**愛**。

而且，清單中出現一個新的材料。

◆

那時，我們已經建立一種平衡，當我持刀下樓時，他會主動把背送上來給我。我看著他覺得不舒服，他曾經完美的肌肉已經鬆弛了，變成不健康的肉體，他的皮膚因為在黑暗中蹲伏多日而變得蒼白。我發現，雖然我替他護理了，最新的傷口還是紅腫，繃帶滲出液體，每一根突起的脊椎骨都投下獨特的暗影。我感覺罪惡感刺痛了我，我想停下來，用腳把圈子磨掉，將他放了。我從來不曾像現在這樣渴望他，比我沮喪、醜陋又需要關懷時還要渴望，況且我都擁有了這一切——財富、成功、運氣、智力、力量和美麗——**權力**還能給我什麼呢？

我把刀尖抵著掌心旋轉，劃破了掌心。咒語集才施展到一半。

「抱歉。」我一面說，一面繼續旋轉刀子，直到手心刺痛流血為止。「我們今天必須做不同的事。」

◆

一個咒語接著一個，然後又是一個。每天晚上，他的眼淚越來越難擠出來。

我尖叫，我乞討，我懇求，自己也哭了，在脆弱的時刻甚至說：**難道你不知道我是在為我們做這個嗎？**但我也多了創意，不只借助刀子。他因為痛苦而流淚，他因為恐懼而流淚，他因為孤獨而流淚，他因為疲憊困惑而流淚。他也為我而流淚。有幾個晚上，我躡手躡腳走進他的圈子，在他哭的時候抱著他，低聲告訴他，當一切結束後，當我們終於在一起時，會是怎麼樣的光景。

一年過去了。他流淚，我收集每一滴鹹鹹的淚水，世界像雞蛋一樣在我的腳邊裂開。我不僅擁有了我所想要、我認為我所想要或我想像我所想要的每一件東西，我擁有了可以想要的每一樣東西。我創造新需求，只為了滿足新需求。

翻到咒語集最後一頁的那天，我把其他材料收集起來帶到地下室，包括農夫市集買來的香草和十元商店買來的小飾品。

他蜷縮在地上，一動也不動，臉色很蒼白。看到他的時候，我輕輕喊了一下，他張開了眼睛。

「噓——」我笑著說。我把手伸進圈子，撫摸他的手臂。他身體每個地方都有銀光閃閃的傷疤印記，我好奇最後一個咒語會不會抹去它們，他會不會帶著新生的皮膚、完好如新的皮膚來到我的身邊。

「我的愛人，我的愛人。」我低聲呢喃。

他好幾個月沒說過連貫的話，但發出呻吟抽搐著。我輕輕捏了捏他的肩膀，撫摩他剩餘的頭髮。

我把書翻到最後一頁，將它往後摺。一旦咒語完成，他和我就一同把書燒了，我的愛將回到我的身邊，重生而且完整。

除了——等等。

不，哦，不。

在我的眼前，咒語模糊了，變了，向我討別的東西，他身上的東西。我可以哭，但我卻笑了。我笑啊笑啊笑，結局總是這樣的，不是嗎？你無法擁有你內心渴望的每一樣東西，因為這麼一來，哪還有什麼寓意呢？

我盯著咒語，希望它能夠自動重新排列，但沒有。於是，我進了圈子，把他拖出來。我記得一年前尖叫地從他身邊倉皇跑開，他那時是那麼高大，那麼嚇人。如今我有了**力量**，他一點也不重。我拉開他的四肢，剝掉他破爛的襯衫，拿起刀跨在他的胸膛上。我俯身親吻他乾裂的嘴唇，將刀尖抵住他的胸骨。我會找到其他的愛，我內心真正的渴望，這個承諾就在書上。

「別怕。」我低聲說。

心肝的血
心肝的淚
心肝

火柴盒症

The Matchbox Sign

這是任何事發生以前——

中午在紅鉤區酒吧用功的蘿拉，肘邊堆著圖書館的書，一枝鉛筆插在她亂糟糟的黑色髮髻中。髒兮兮的牛仔褲，破破爛爛的毛衣，還有一隻暗紅色的唇膏，對正在酒吧另一頭瞧她的大衛來說，這一切既誘人，又與這個地方不搭。她抽出鉛筆在紙上畫重點，結果手肘碰翻了啤酒，為了搶救書本，她讓自己從頭到腳都溼透了。那天晚上，大衛擦掉下巴上唇膏的痕跡時，蘿拉將會告訴他唇膏是一個策略。她會說，早上一起床就塗上紅色唇膏，無論你其他地方有多麼的不整潔——髒衣服，模糊的眼線，油膩膩的頭髮——大家都會認為你極有魅力，而非邋遢。但事實是，蘿拉又有魅力又邋遢，她的邋遢是一種魅力，沒有矛盾。此外，大衛認為，靠唇膏來對抗汙垢的決定無疑是一種時尚理念，只有年輕且非常美麗的人才能安全採用。對那種毫不費力就能容光煥發的女孩，即便是又髒又醜的衣服穿在她的身上，也能成為一種自誇：**瞧，就是這樣也不能讓我變醜。**

◆

六個月過去了，儘管他們會說我愛你，做普通情侶會做的事，像是抱怨朋友，為了什麼時候去吃早午餐爭執，大衛仍舊隱隱有幾分猜想，認為蘿拉有一天會抬頭看他，嚇了一跳說：**等等，這是個玩笑吧？你他媽的是誰啊？**

後來，有一天晚上，她晚餐遲到了一個鐘頭。她沒有宣布他一直懷疑的分手就要發生了，而是宣布她放棄了研究所的學業，希望他接受他一直在猶豫的工作機會，那麼他們就能搬到全國各地，「試試加州」，重新開始。

大衛想辭掉工作搬去加州嗎？蘿拉突然對她為他們所想像的這種新生活充滿了熱情，這股熱情是那樣的耀眼奪目，使得他無法真的判斷自己的心意。但那天晚上，蘿拉用她做每件事那股魯莽的勁頭刷牙，往水槽吐水時，一絲絲的紅色唾沫穿過白色泡沫，她朝鏡子俯身靠過去，對著鏡子做了個鬼臉。她看得著迷了，咆哮一聲，露出血淋淋的牙齒。在接下來的事情發生之後，大衛會回到這一段記憶，將它視為某種兇兆：蘿拉，照鏡子照到入迷了，驚訝見到自己的血。

◆

一年後，大衛一進門，蘿拉就突然走上前跟他說話。

「看看這個，」她提出了要求，他都還沒機會先放下公事包。「看看我的手臂，我被咬了。」

大衛輕輕握住她的手腕，她把手臂下側長了斑的柔軟部分展示給他看。

「哦，真討厭，」他說，「是什麼？臭蟲嗎？」在他們住的舊金山社區，謠言四起，說是臭蟲橫行，但任何如此害羞又熱愛夜晚的生物似乎不可能在他們閃閃發亮的鋼鐵玻璃公寓中長期存活。

「不是，」蘿拉說，「臭蟲是小小紅紅的，一咬就是一大片，這不是臭蟲。」要對咬傷做出解釋，他必需更仔細觀察她的手臂，那麼近的距離讓他不大舒服——一想到癢，他就想抓——但可以看到她手肘內側有一個兩英寸寬的白色腫痕，她抓撓的地方浮現縱橫交錯的粉紅色線條。太大了，不是蚊子咬的。「說不定是蜘蛛咬的？」他問。

「或許吧……」

「總之，別去碰它。」這個建議對她好，對他也好：他討厭指甲刮皮膚的聲音，會讓他想起咀嚼口香糖或喉嚨深處發出的鼻塞聲。

蘿拉撲通坐回沙發，把手臂盡量伸得遠遠的，一副要讓自己遠離誘惑的樣子。大衛知道她的決心只會持續五分鐘——除非他幫助她。

他把手中的止癢乳塗在她的手臂上，幫她按摩到皮膚裡。他問：「妳今天休息得怎樣？」

她說：「很癢，否則很好沒事。」

「妳有沒有機會……」

他們始終繞著這個話題轉，似乎繞了很久很久。剛到加州時，蘿拉很努力地找工作，現在對自己的工作非常不滿——她在本地某藝廊擔任專橫老闆的助理——但也（至少在大衛看來是如此）無法抗拒藝廊鬧劇與抱怨的漩渦。她不喜歡大衛暗示她到其他地方可能會更開心，還指責他每回建議她找其他工作時都嘮叨個不停。

一如往常，她甚至不讓他把話說完，就把手臂從他手中抽走，粉紅色乳液在沙發上潑出一道彎弧。

「你就是不能停止找我的碴，是嗎？」她說，「你就是不能讓我清靜清靜。」

◆

三天，又被咬了三次。蘿拉變得更暴躁，哪怕是最輕微的挑釁也能惹到她。第三個咬痕出現在臉上，從堅硬彎曲的顴骨線條浮出來，她抓得太厲害，連眼睛都腫到睜不開。

「妳應該去看醫師。」週五上午吃早餐時大衛對她說，他無法直視她，腫脹的眼睛讓人覺得她是在對他眨眼。

「不行，」她說，「健保自付額。」

「蘿拉，別這樣。」

「朗佛德街有一間義診中心，我預約了週一，就這樣。」

義診中心，而他們上次在外面吃晚餐時，光是酒錢就花了兩百美元。目睹蘿拉自我懲罰的力量，會使人由衷感到衝擊，如同眼睜睜看著她故意用手指去撞門一樣。但他拒絕接受她的挑釁，反而還擊了：「如果我下午能請假，希望我一塊去嗎？」

她給他一個燦爛的笑容。「大衛，你真是太貼心了，當然希望。」

◆

直到週末與蘿拉在家待了整整四十八個小時之後，大衛才意識到她是多麼徹底投入了與皮膚的戰爭之中。一夜之間，被叮咬的次數翻成三倍，她整天就是忙著設法舒緩持續不斷的搔癢，盡量別去抓。早上泡澡，在水中加入小蘇打粉，然後用羅勒和蘆薈揉搓。她像著了迷似地拚命修剪指甲，把床單洗了又洗，小心翼翼敷上繃帶又立刻拆掉。其餘時間她都在上網搜尋，瘋狂地用不同方式組合關鍵字：**皮膚腫 咬 癢**；**癢 咬 皮膚 幫助**；**被咬 手臂 肚子 臉**，同時仔細分析一系列讓人畏縮的恐怖圖片，深入挖掘充滿同病相憐者貼文的留言板：成千上萬無盡、哀怨、沒有結果的討論串。

大衛四肢著地，在公寓爬來爬去尋找罪犯——蒼蠅或幼蟲，跳蚤或蝨子——卻一無所獲。他自己上網搜尋了十分鐘，找出許多的可能，因此得出一個結論：這樣的搜索無用到了極點，搔癢是一種十分普遍的症狀，不容易診斷出原因。「我真的認為妳應該去請教比『網路醫生網站』更有資格的人。」他告訴她。

蘿拉把指甲摳進手臂的腫痕底下，腫痕現在成了一個閃閃發光的圓坑，四周黃黃的，像香菸燒到一樣。「幫我個忙，」她邊抓邊說，「別再幫忙了好嗎？你只會讓情況變得更糟。」

週日夜裡，他醒來發現床邊的位置是空的，走到客廳發現她躺在沙發上，四周是揉縐的面紙，每一團上頭都沾了紅花似的血。「我睡不著，」她嗚咽地說，「好像有什麼在我皮膚底下爬。」

大衛沒見過她這麼不安的模樣，把嘴唇貼在她的頭髮分線上，在她肩頭蓋上毯子，替她泡了一壺茶。他們一塊保持清醒，直到太陽升起，然後他協助她梳洗更衣。

◆

中心候診室擠滿了病人，空氣本身就好像油乎乎的，充斥著疾病。他們等了一個多小時，都過了蘿拉預約的時間。當護士終於呼喚她的名字時，蘿拉揚起下巴，堅持一個人進去。

不到十五分鐘她就出來了，拿著一張薄薄的黃紙，臉上一副不相信的表情。「她推薦不需要處方箋的**抗組織胺藥**，」她說，「她叫我不要抓。」連走過他的身邊，她也沒有放慢速度。

「媽的，她根本什麼都不知道。」

一時間，他們一同憤慨起來，但暫時的聯盟很快就瓦解了。蘿拉的頭頂又出現一個癢處，她抓出了一塊二十五分硬幣大小的小禿斑，下面皮膚硬硬的，像鱗片一樣，還布滿了頭皮屑。「你確定你沒有被咬嗎？」她問他，「連小小的也沒有？沒道理，我們什麼都一起用，為什麼牠們找我，不找你？」

這一週來，他有無數次感覺到幻覺般的搔癢開始在皮膚上爬來爬去，但沒有去抓，永遠用平坦的手指揉一揉，它就消失在它來自的那個幽靈世界。

「我不知道，」他說，「對不起，寶貝。」

「為什麼要對不起？」她兇巴巴地說，「這怎麼是你的錯？」

「只是──我想讓你知道我們會一起面對這件事。」

「哦，那是當然。」她一面說，一面對著一張沾了血的面紙擤鼻子。「我知道。」

◆

大衛週二照常去上班，在Google搜尋中花了幾個鐘頭，而兩天前他還認為這是在浪費時間。回到家，他發現蘿拉正在用放大鏡檢查手臂，把棉花棒戳進小傷口。她幾乎沒有抬頭看他，聚精會神在她的狩獵工作上。「**那裡**有東西，我看見了，就像這……小小……白色的……汙點。」

他站在她旁邊嚇壞了。「你在做什麼？」

她用棉花棒去推腫痕，四周起了血泡。她得意地舉起棉花棒尖端。「瞧！」她大聲說，「看到了？」

在鮮血浸透的棉花棒尖端，他想他也許可以辨識出一個蒼白又閃閃發光的小點。他瞇著眼，想分辨出形狀：蟲子？蟲卵？少許的細毛？

蘿拉凝視著棉花棒。「哦，天啊，牠還在動，你知道嗎？我讀到了這些東西，這叫馬蠅，牠們在你體內產卵，如果你有小傷口還是燙傷什麼的，卵就會孵化成幼蟲，在你皮膚底下鑽洞。或者這些蟲可能是你在受汙染的水中游泳感染的……總之，是一種寄生蟲，所以你才會沒事，所以我們才會什麼都找不到。牠不是躲在公寓，牠一直躲在我的身體裡。」

「好噁。」

「我知道！」她說。但她聽起來並不覺得噁心，反而是鬆了一口氣，大衛可以理解為什麼——終於，她找到了某種答案——但無法像她那樣感到輕鬆，因為就算用放大鏡看，他也只是看到一個小白點。

◆

蘿拉又挖出四個神秘樣本，保存在一個小密封袋中，冰在冰箱裡的柳橙汁旁。她仍舊堅持沒錢看醫師，從雜貨店帶回各種難聞的假藥材料：椰子油、大蒜、蘋果醋。她小心翼翼用茶匙量出家庭偏方所需的劑量，其他吃的喝的完全不碰。她告訴大衛，寄生蟲以糖為食，這個食療法就是要讓牠們挨餓，逼牠們離開。

大衛統統不信，不信診斷，也不信偏方——但起碼她的眼神明亮起來，人快樂一點，最嚴重的抓破皮痕跡也開始消退，他們甚至就她皮膚以外的問題有了幾回簡短而冷靜的對話。也許，他心想，這段插曲會在他還沒弄明白就過去了，它是一個已然艱難的時期裡一個不愉快的小漩渦。

但他聽到抓撓的聲音傳來，就伸手過去把她的手從臉上揮開，結果手指收回來時滑滑的，還滴著水。他打開燈，嚇得往後一縮。在睡夢中，蘿拉摳掉了眼睛底下的結痂，她的左臉現在覆著一層滑溜溜、紅吱吱的血面膜。

◆

接下來的吵架持續了幾個鐘頭。當太陽在爭執中升起時，大衛打電話去辦公室請了病假，蘿拉尖叫了很久，叫到聲音啞了。大衛氣得捶打牆壁。

首先，爭吵從一張電腦試算表開始。他們剛搬到舊金山時，大衛建立了這張表格，檔名是「大衛和蘿拉的同居生活」，裡頭包含了他們共同分攤的開銷：房租、汽車、飲食和旅遊。他們每個月按照收入比例分攤費用。大衛是工程師，賺得比蘿拉多，蘿拉嚴格來說只是臨時雇員，因此蘿拉付他們共同分擔的費用的百分之十八，他則貢獻剩餘的百分之八十二。

幫她擦去臉上的汙垢時，大衛說：「你需要去看醫師。」

「我沒錢看醫師。」

「好吧，我們可以加進試算表。」大衛說。

蘿拉翻了個白眼。

「怎麼？」

「沒什麼，我只是有時覺得受夠了這樣。」

「抱歉，我只是想幫忙，妳能解釋我哪裡做錯了嗎？」

「讓我問你一件事，」蘿拉說，「我死後，你會把我喪葬費用的百分之八十二記在你的表格上，然後把剩下的帳單寄給我的繼承人嗎？」

大衛說：「妳渾身都是血了，但還寧願攻擊我，而不是尋求幫助！」

蘿拉辯說：「大衛，你知道嗎？」他們於是就吵了起來。

「相愛的人會互相照顧。」吵到最激烈時，蘿拉尖聲說著。「他們不會把花在對方身上的每一塊錢都記在討厭的**試算表**上，不應該是這樣的！」

「那又怎樣？」大衛高聲回答，「妳要我每一樣東西都出錢，這樣妳就可以繼續做妳那**超討厭**的鳥工作？」

「在你看來，我們的生活就是這樣嗎？難怪你這麼恨我，如果這就是你的感受！」

「我沒有任何感受！我只是認為請妳出一點錢並不過分——」

「哦，當然，你一點感覺都沒有，你非常公正無私，大衛，謝謝。」

「當然我有感覺，我只是——」

「你的問題是，」蘿拉說，「你沒有投入這段感情，真的沒有，你總是退縮，你——」

「噢，**得了吧**，我投入——」

「對，你投入了！你恰好投入了百分之八十二，我怎麼能忘呢？你付錢，你記下每一分錢。」

「我不該知道我的金錢流向嗎？」

她憤怒地搖頭，彷彿這樣有助於把話從嘴中甩出來。「這不是問題所在，問題是——知道如何去**愛一個人**！」

這句話懸在半空中，直到大衛回答：「妳是說我不知道怎麼愛一個人？」

「不知道，」蘿拉像孩子似地固執地抬起下巴，「你不知道。」

這時發生了，恩典降臨的瞬間突然降臨了，預示著一場爭執的落幕。她眉頭微微一皺，覺得自己很可笑，他則明白了她所明白的。

「真有趣，」他用更冷靜的聲音說，「因為我絕對相信我一直都是愛著妳的。」

「好吧。」她說著也不知不覺進入了表演。「你做得不好。」

「真的？」

「大多數時候，嗯。」

「即使在妳生日那天？」

「在我生日那天，我想你是做得還不錯。」

「那我該怎麼辦呢？告訴我，我是真心誠意地發問。」

「你不該**做**任何事，你應該說：『蘿拉，我愛妳，會沒事的。』」

「蘿拉，」他執起她的手說，「我愛妳，會沒事的。」

◆

正當蘿拉在沙發上斷斷續續打盹時，大衛預約了他的家庭醫師。他告訴秘書情況緊急，所以她設法在那天下午插了預約進去。蘿拉醒來後，他告訴她他約好了，她沒來得及反對，他就說：「拜託，就讓我這麼做，好嗎？」

醫師是一位上了年紀的老人，兩邊耳後都有蓬鬆的菸灰色頭髮。大衛一手摟著蘿拉，問他能不能陪他們去檢查室，醫師沒有反對。

蘭辛醫師嘖嘖作聲，擔憂蘿拉摳破皮的臉頰，請她依次向他展示她每一個腫處。她一一展示，他溫和提出刺激的問題，她盡力回答。回答完後，她從包包拿出她的小塑膠袋，告訴他她那個馬蠅的看法及她所找到的證據。

接著，奇怪的事發生了。醫師的表情變得空洞，好像他的好奇心一下子都流逝了。他接過袋子，只是粗略看了一看，就把它揉成一團放在桌上。

「除了癢以外，你的身體覺得怎樣？」蘭辛醫師問。

蘿拉聳聳肩膀說：「都很好。」

面對這個明顯的謊言，大衛保持沉默。蘭辛醫師繼續問：「過去幾個月妳情緒怎麼樣？」

蘿拉又聳了聳肩膀，「我猜，還好吧。」

「妳睡得怎麼樣？」

「真的睡不著，因為一直在抓癢。」蘿拉說。與此同時，大衛說話了：「蘿拉！得了吧！」

蘿拉和蘭辛醫師轉向他，嚇了一跳，大衛不顧蘿拉給他的警告眼神，繼續說：「我是說，我不是想要——我知道，很癢，但是，寶貝，妳不記得了嗎，在那之前妳就已經睡不好了，妳說是因為工作壓力——我的意思是，我說錯了嗎，從搬家後，情況就一直很糟？」

他一直等著蘿拉接著他的故事線頭往下講，但她沒有，於是他就把一切都告訴了蘭辛醫師，以彷彿是自己故事的混亂絕望語氣描述，他的確是有幾分覺得這好像就是他自己的故事。講完後，他看到蘿拉一副徹徹底底被出賣的模樣。

直到這時，他才意識到自己此舉所造成的全部影響：他想幫助，卻在未徵得她的同意的情況下揭露她全部的弱點，還利用她的秘密，向外人證明她的痛苦全在她的腦中。

醫師說：「蘿拉，如果妳允許的話，我想給妳開個處方，也許可以幫助治療妳一些痛苦的潛在原因。聽起來妳過去幾個月似乎承受很大的壓力，我想妳也許會覺得詫異，但情緒一旦好轉，妳的皮膚問題也會立刻跟著解決。」

大衛急於彌補錯誤，便說：「但真正癢的地方呢？有沒有任何可以治療的方法？沒有的話，或許可以幫我們開單子，讓我們轉診去看皮膚科。」他轉向蘿拉：「妳不這麼認為嗎？」

但蘿拉看起來很疲憊，戰鬥力全沒了，受傷的臉龐由於疼痛而呆滯無神。她說：「如果你認為情緒藥物有幫助的話，我願意試試，你說什麼我都試一試。」

醫師開了處方，震驚不已的大衛跟著蘿拉走出了檢查室，內疚像洪水湧上心頭，他說：「親愛的，在這等等好嗎？」然後衝回檢查室，蘭辛醫師就快寫完筆記了。

「大衛？」

「抱歉——我只是，聽我說，我覺得我給了你錯誤的印象，蘿拉並沒有瘋，是，她最近是壓力很大，但她有很好的理由——工作，搬家。我也許沒有給她很多的幫助，我想——我想她說的搔癢是真的，我們應該相信她，這就是我要說的，就這樣。」

蘭辛醫師揉揉皺紋粗深的額頭。「我理解你的擔憂，」他說，「我真的懂，但讓我問你一個問題。」他從檢查檯上拿起蘿拉的小塑膠袋遞給大衛。「你覺得這是什麼？」

大衛低頭看著縐巴巴的袋子。「是……她找到的……東西，從她抓癢的地方。」

「但你認為裡面究竟是什麼？」

「卵，我猜？還是幼蟲？太小了，我看不見，但這就是她來檢查的原因！」

「太小了，你看不見，」醫師重複他的話，「但對蘿拉來說不是，蘿拉認為她看到了什麼，你不確定，但蘿拉認為她知道。」

大衛保持沉默，他知道醫師要往哪裡想，他不想一塊去。蘭辛醫師繼續說：「這不只是壓力，但也不是寄生蟲，這是教科書範例，叫火柴盒症。以前病人拿著空的火柴盒進來，把它們當成蟲子在皮膚底下生活的證據，現在的人用塑膠袋，或保鮮盒，或用手機拍照。但裡面的東西是一樣的，幾塊死皮、汙垢和線頭，小到幾乎看不見，只有一個思想繞著自己的身體打轉、把身體抓破、在裡面尋找某樣不存在東西的證據的人才看得到。」

大衛握緊拳頭，捏爛了袋子。這種猝然狡猾的意義逆轉似乎非常不公平：蘿拉花了那麼多的精力想要蒐集身上所發生的事情的證據，結果那份努力反而成了她逐漸失去理智的證據。

「蘭辛醫師，」大衛說，「如果是我的話，我來找你說我會癢，你會立刻不理會我的說詞嗎？」

醫師皺起眉頭，嘴角往下撇。「年輕人，我想告訴你的是，我沒有不理會，蟲子是想像出來的，但蘿拉的痛苦是真實的，幻想的寄生蟲病可能是憂鬱的症狀，但也可能是精神病的早期徵兆──它很難治療，正是因為病人很少願意接受提供給他們的幫助。現在，蘿拉願意接受治療，如果你愛她，不要妨礙治療，求你了。」

◆

於是，蘿拉開始吃藥，吃抗憂鬱藥物，加上她被轉介去看的精神醫師所說的「比較溫和」的抗精神病藥。如同禁食療法，藥物在某些方面似乎見效了，她終於得到一些休息，但開始每晚睡上八個小時，然後是九個小時、十個小時，還要加上長時間的午睡。大衛經常下班回家，發現她在那張被止癢液弄髒的沙發上。她體重增加，美麗的黑髮變得稀疏。不過她不再像從前那樣抓癢，臉上的傷開始癒合，身上的疹子確實繼續冒出──大衛不禁繼續認為那是被咬的──但她忍住了摳弄的衝動。過了一天左右，疹子就消退了。大衛告訴自己，這樣就夠了，她正在康復。但他不時看著沙發上那個眼神呆滯行動遲緩的女人，幾乎要恨她偷走了自己心愛的人。

他們陷入一種停滯狀態，大衛不得不承認這可能就是新常態，跟以前一樣好的新常態。深夜時分，蘿拉入睡了，大衛發現自己又回到寄生蟲那個想法上，這個想法比不快樂更具體，畢竟蘿拉確實似乎不只是憂鬱，還失去了某種基本的東西。如果真的有某個外來的東西大量寄生在她的身上，由於大衛在錯誤的時間點情緒爆發，導致醫師誤診，把她交託給精神疾病領域，用藥物讓她默默忍受痛苦，那該怎麼辦才好呢？

雖然這個可能很討厭，大衛一旦抓住了它，就無法放手了。他愛蘿拉，真正的蘿拉，那個他第一次在酒吧看到她時把啤酒灑得全身都是的蘿拉，那個讓人覺得緊張刺激的災難。但這個蘿拉——他記不得這個蘿拉上次塗唇膏是什麼時候了，這個蘿拉非常仔細打扮自己，以免透露出內心的混亂。

所以，有天早上，他要蘿拉坐下來，給她拿來她最愛的毯子，替她泡了茶。他問她感覺如何，她說了她一貫的回答：「我很好。」但她的眼白是一種不健康的蛋黃色，鼻孔周圍有一圈紅色，像是灼傷一樣。

「我一直在想，」他邊說邊在她旁邊的沙發坐下，「我很擔心妳，我想我們是不是太快放棄了妳可能真的有狀況的想法，我是指妳的皮膚。」

她研究著茶杯底，慢條斯理地說：「我有時候也會這樣想。」

「我知道吃帝拔癲有效，但也許是別的原因。」

「也許，我也這麼猜。」

「不會有壞處吧，再去徵求別人的意見？」

「比如另一個精神科醫師？」

「我在考慮的是皮膚科醫師，一個厲害的。」他打開一個文件夾，向她展示一疊仔細整理的文件：他在辦公室列印出來的文章，出自同儕審查的期刊。「有很多證據表示常常有真的——我是說真實的——皮膚病被誤診為精神問題，尤其是在女性身上。蘭辛醫師**老了**，他那一代把每一件事都叫做身心病，纖維肌痛啦，慢性疲勞啦。如果我們想要真的答案，我們必須去看厲害的醫師，不只是厲害，要是最厲害的。」

「聽起來會很花錢。」她說。

「蘿拉，我不在乎。」

她的眼睛閃爍著意外的光芒，嘴角一揚，露出熟悉的笑容。「我們可以記到試算表裡。」

「**去他媽的**試算表，」他說，「蘿拉，我愛妳，我會照顧妳，會沒事的。」

◆

他們開車去看大衛找到的新醫師，車窗搖下，涼風徐徐吹過，他們複習他們的計畫。他們決定不帶那一小袋的證物，它仍在冰箱活著，原封未動。他們會避免談起她服用的藥物，除非被直接詢問。他們要乾乾淨淨進去，以免蘿拉交出小袋子後，大衛又提起她的壓力，不慎引起了懷疑。相反地，她要重新開始：我其他方面都很健康，我會癢。

新皮膚科醫師的辦公室很寬敞，漆著柔和的色彩，聞起來乾淨得令人放心。雖然大衛自願跟他們進去，比蘭辛醫師更專業的醫師要求單獨替蘿拉看診。二十分鐘延長到三十分鐘、三十五分鐘，當蘿拉出來時，大衛從椅子上跳起來。

「她怎麼說？」

「她說，沒錯，蕁麻疹啦，有壓力啦。她逼問我藥物，我就把帝拔癲跟她說了。我不該提的。你是對的，我看出她的想法改變了，像是轉眼就改變了，她提議替我做果酸煥膚治療疤痕。」

大衛失望地搖搖頭，這下換成蘿拉來安慰他。「我們早知道這會很難，這只是一個開始。」

沒錯，他們做到了，這是一個開始。他們在網路聯絡上一個社群，裡面的網友都得了診斷不出來的病症，這群支持者給了他們一份有同情心的醫師名單，有十二頁長。他們會找出答案，就算需要花一輩子的時間。大衛相信會的，從蘿拉的眼睛、她塗了唇膏的明亮笑容，知道她也相信。

儘管這一刻他想像過多次，卻從沒想過會在這裡發生：一個醫師辦公室單調乏味的停車場，頭上的灰色天空有快速掠過的雲。但這句話開始在他心中浮現，他就無法阻止它們，也不希望阻止：

「蘿拉，」他說，「妳願意嫁給我嗎？」

◆

他們一週後在法院結婚，沒告訴任何人——沒知會父母，沒告訴他們舊金山的熟人，也沒告訴他們的紐約朋友。蘿拉買了一件新洋裝，因為舊的都不合身，她發現一頂漂亮的復古帽子，加上一小塊面紗做裝飾。他們邀請另一對私奔的情侶當證人，擺出幾個姿勢讓陌生人拍照。蘿拉看到照片時顯得有點難過，大衛可以猜出原因：這些照片永遠不會出現在壁爐檯上贏得孫子的低聲讚賞。在照片中，蘿拉蒼白得嚇人，臉頰上的顯眼傷疤在面紗下清晰可見。但他們可以再拍一次，下次會拍得更好，這就是重點了：他們現在有無限的機會去找出相愛的方法，他們有一輩子的時間把事情做對。

◆

結婚那晚，大衛躺在蘿拉旁邊，一束月光灑落在她的手臂上。最初被咬的地方，開始這一切的那個地方，早癒合成一條光滑隆起的疤痕。很難相信，這麼小的東西，可以造成這麼大的傷害——一顆子彈幾乎也不會造成更多的痛。

在傷疤上方一英寸的地方，有個新的腫塊形成了一個柔軟的肉塊，大衛用手指撫摸。腫塊感覺熱熱的，幾乎在發熱，但蘿拉的皮膚都是冷的。他撫摸它，感覺一摸它就突然跳動了，像眼皮顫動，像手錶**滴答滴答**。

大衛把手收回來，搓了搓手指，消除上頭那具有活力並令人不安的感覺。他努力相信這是他的想像，但眼睛持續為他提供證據：腫塊上頭繃緊的皮膚變形了，抖動了，好像裡面有東西正在撞擊它，想要掙脫出來。

「蘿拉，」他低聲說，「蘿拉，醒來。」但她吃了藥，沉沉睡在夢境中，醒不過來。他瞇著眼望向黑暗，她手臂上的皮膚像不平靜的海洋盪漾著。接著，在他眼前，那一圈肉膨脹起來，中間鑽出一根黑刺針，半透明的血泡慢慢從洞裡冒出，在蘿拉身上寄生了幾個月的寄生蟲穿過她的皮肉掙脫出來，血泡破裂，紅血四濺。

大衛伸手去抓，握緊了拳頭一拉，它就像一條活的繩子散開來。他將牠從她的皮膚拽下來，把這溼漉漉抽動的東西丟到兩人中間的床單上：這是不可能的，這個不可思議的東西。

寄生蟲溼漉漉地拍打著床，一條六英寸的白色肉管，上頭有疙瘩，排著無數顫抖的腳，在陌生的空氣中像海藻一樣搖擺著。對火柴盒來說，這個證據太大了，對塑膠袋來說，太強壯了；他們明天會把這個確鑿證據放在厚玻璃瓶，回去找醫師。她一直是對的，他相信她也是對的，他險些失去了一切。

他們現在安全了，他將不再是唯一相信她的人。蘿拉的身體可能允滿著無數剛孵化的幼蟲，但牠們的母親快要死了，明天所有的醫學證據將會站在蘿拉這一邊，幫助她抵抗寄生蟲侵擾，直到她的血再次是自己的，直到有一天她再次無憂無慮，輕輕爽爽。

寄生蟲在劇烈的痙攣中蠕動身體，大衛凝視著牠，又餓又看不見的蟲子直立起來，一隻腳掠過他的臉。他想抓住牠，但太遲了；牠勾住他，刺穿他的身體，用力鑽進眼睛與骨頭之間的柔軟部位，猛然的刺痛讓他眼前一片白茫茫，什麼也看不見。

大衛感覺牠那無數扎人的腿在臉頰內側跳舞，撓抓他的頭骨，在他的大腦邊緣撫弄嬉鬧。接著，那感覺淡去了，消失了，只在進入的地點留下了搔癢感，以及一個浮腫，像蚊子咬痕一樣小，就在他的眼底。他身邊的蘿拉翻了個身，發出呻吟，在睡夢中抓撓著。大衛癱倒在她的身旁，而愛人皮膚底下出生的怪物在他血液中搏動，以可靠的本能朝著他的心臟游去。

死亡願望

Death Wish

好吧，那是很久以前的事，那時我住在巴爾的摩，我他媽的非常寂寞，那是我唯一的藉口，寂寞到我竟然有一個藉口的地步：我失業，住在汽車旅館，一週付一次租金，我認識的每個人都住在這個國家的另一邊，我靠著信用卡度日子，想「走出低潮」，實際上整天喝得醉茫茫，二十四小時中大概有十八個小時在睡覺。

那時，我固定會講話的人，幾乎只有在交友軟體Tinder上認識的女孩。我窩在房間，喝酒，看色情片，打電動，然後別說是想走出房間、換衣服或吃不是裝在盒子裡送來的東西了，我已經一、兩週沒跟活人說過話了。於是，我就會開始滑手機，想找個女孩能幫助我感覺自己還有片刻像個人樣。找到了，我們就約在酒吧，聊個一個鐘頭，然後帶女孩回到我住的地方做愛。每個女孩都不會約太多次，其實不是故意的，事情就是這樣。我要告訴你的這件事，發生在其中一個女孩身上。

她很可愛——個頭嬌小，金髮碧眼，我想是中西部哪個地方的人。從她的資料中，我看得出我們沒有任何共同點，不是她的錯，我跟誰都沒有共同點。我還在辦離婚，我不跟家裡任何人說話，除了我哥哥，大概是每兩週一次吧……看吧，我清楚我的狀況完全不適合談感情，也不打算要誰長期忍受我，這樣的自知之明我起碼還是有的。

我和這個女孩互相傳訊息，告訴她一點點我的事、我的情況，沒什麼心裡話。她似乎很喜歡我，所以我問她要不要碰面喝一杯。她說她不喝酒。我說，好吧，可以吃甜點什麼的，不用擔心。接著她說，其實，如果你不介意的話，也許我直接過去？

這種程度的直接在Tinder上有時是會發生的，不常，但發生過。我都會說好，但內心深處總是想，哇塞，這太勇敢了，因為我知道我不會強姦妳、謀殺妳，但**妳**怎麼知道？顯然這事我是不能問她們的，我只是很想知道。

所以女孩要來了，我趕緊打掃房間，因為這裡是豬圈，我是住在裡面的豬。我沖澡，刮鬍子，把東西塞進櫃子，設法營造出我是那種定期更換內褲的人的形象，其實呢，要不是因為Tinder，我大概會同一條黏著一層厚厚大便的四角內褲穿到可能嚴重感染到送命那麼久。

有人敲我的門時，我還在盡力讓自己稍微不要那麼噁心。開門前，我從窺孔往外看，只是想確定是她。不然，還會有誰？但我有偏執的傾向，毫無疑問是因為嗑了太多的藥。她來了：這個可愛的女孩，高高的馬尾好像啦啦隊隊長。她穿著粉紅色小T恤和牛仔褲，我第一個念頭是**哦耶**，因為你永遠不知道這些女孩在現實生活中出現時會是什麼模樣，在這個年代，你可以靠濾鏡這一類的狗屎做出很神奇的事。但我注意到的第二件事是她拉著一個行李，不是很大，是那種可以帶上飛機有輪子的袋子。很奇怪，對吧？

我打開門，第一件事就是拿行李開玩笑：哇，妳是打算住多久啊？她笑了。我說，不，說真的，妳裡頭裝了什麼？化妝品還是什麼？她嘻嘻作笑，好像有一個秘密，又對我眨眨眼說，你幸運的話，也許會知道答案。

這一刻總是會到來。我約的女孩子來了，她們明白我是真的住在汽車旅館裡，不是恰好路過而已。我總會提早告訴她們——其實是警告她們——但她們偶爾要親眼看到才會信。就算我已經認真打掃了，也掩藏不了環境就是他媽的可怕的事實。她們一臉震驚，我總會提議帶她們到別的地方，但從來沒有人接受我這個主意。我猜，剛開始嚇到後，她們大多只是替我難過。

但這個女孩——她就算在乎我的起居環境，也沒有表現出來。她像空姐一樣把行李拖在後面，緩緩走進了門，走到床邊，一跳就跳上去，好像——我們來吧！她連她討厭的鞋子也沒脫。我知道這有點可笑，我之前說過我住在跟荒廢無異的環境中，但這一點真的激怒了我。我們認識才三十秒，妳就拎著行李跑來，把髒兮兮的鞋子穿到我的床上，知道嗎？妳也許可以滾慢一點，那雙鞋子就性能來說是不錯——也許是Keds？——但有點磨損了，其中一隻的鞋底還有我求老天希望是泥巴的咖啡色髒汙。

如果我當時處於另一種心理狀態，大概會說一些像是，嘿，妳介不介意上床前先脫掉鞋子？這件事不會有什麼大不了。但我想問題就在這裡，那時我無法應付正常的人際交往，我知道我反應過度，棉被很可能遇過更可怕的事，有時我睡不著，就會想像床單在紫外線光下會怎樣發光，到處都是一條條的大便、血跡、膿汁和精液，同樣的道理，我全身上下的皮膚也是。而我現在會想，要是這讓我這麼困擾的話，怎麼不乾脆把床單送洗啊？但我當時沒那麼想，那就是我當時的生活。

回到這個女孩身上。她在我的床上，我說要請她喝一杯，才想起她不喝酒。她說，我想喝杯水，我問她要不要加冰，然後才想到我沒有冰，所以她只好勉強接受裝在紙杯中的常溫自來水。說真的，我這一點表現得真的很好。但是，她似乎還是不在乎。我問她想不想看電影，她說好啊，但語氣就像是**你我都知道今晚不會有看電影這件事發生**。行，有的女孩就是知道自己要什麼，她們有時要的就是隨意在汽車旅館跟一個網路上認識且長得很帥的傢伙上床，就我看來，那些誇大男女在床上需求差異的人根本不知道自己在說什麼，也許你的一般女人比你的一般男人保守一點，但在鐘形曲線另一端總是會發生一些超級瘋狂的事，那些不過是統計數字，對吧？

不久，我們就開始親熱，然後就不只是親熱了。我要去拿保險套時，她說：「等等。」

好吧，我心想，她不想做愛，只想親熱。這很常見，老實說，我根本不在乎。不管在任何情況下，我都寧願要熱情的口交，不要冷淡的性愛。

她卻說：「我有一件事你應該知道。」

我說：「什麼？」

她說：「我那件事就是我在床上有非常特殊的喜好，在性方面，唯一能讓我享受的方法，就是你完全照我的話去做，完全按照我所喜歡的方式。」

記住哦，從我們認識到現在，這是她對我說過最長的一句話。我有點嚇到了，但我說：「好，當然，沒問題，跟我說吧。」

她說：「我希望你同意尊重我的意願，做我要求你做的事，因為這對我真的很重要。」

我說：「好的，沒問題，我會尊重你，這是當然的，但除非我知道是什麼事，否則我不會說我會做那件事。」

這很合情合理吧？但她有一點生氣，我從她的表情看出來，她要我立刻同意，不要問問題。她是很可愛等等沒錯，但得了吧。

她用一種夾著呼氣聲、像電話性愛的低沉聲音，像要暗示一件最火辣、最下流的事情，她說：「我想要我們去洗澡，一起。我想要我們——嗯，親吻，愛撫，親熱一下。正常的活動。然後，過一段時間——這很重要——在我沒有預料的時候，我希望你用最大的力量狠狠打我的臉。打了我以後，等我摔倒了，我希望你踢我的肚子，然後我們就可以做愛了。」

在那種情況下，你會怎麼做？真的，我在問你。因為我反應是——嘲笑。我當她的面嘲笑，不是因為好笑，只是因為——我到現在都不知道為什麼。我笑了又笑，她都不笑，我就對她眨眼睛。最後，她終於慢慢地說：「這就是我想要的，打我，踢我，你這麼做了以後，我們就可以做愛了。」

我腦子裡想，好吧，這是一個瘋子。不然就是她在搞我。

或者，這是測試，我們上了電視真人秀還是什麼的。

但我想表現出禮貌，所以只說：「對不起，我尊重你的意願和一切，但我真的不喜歡那樣。」

她說：「你喜不喜歡不重要，我喜歡，如果我們要做，我就需要這樣。」

該死，超尷尬的。她就這麼盯著我，等著，希望我同意做這件我顯然不會去做的事，而我也不知道該說什麼，她又不給我任何暗示，如果直接說，咦，我想那就這樣吧，回頭見，小妹妹——這似乎也很蠢。所以最後我說：「你介不介意我們繼續親熱一下，我可以考慮看看？」

她說好，於是我們就這麼做了。在那段時間，我的腦子始終轉得超快，我心想，不，絕對不可以，我不是來打某個隨便的女孩，絕對不可能。事實上，她甚至不知道自己在要求什麼，她不可能知道。她是一個嬌小的女孩，如果讓我猜的話，大概是一百磅重，我比我外表還要強壯。如果我使勁揍她，她很有可能他媽的就死了。就算這是什麼陷阱好了，比如她計畫之後要威脅我，說要報警告我，然後勒索我，還是她的男朋友進來救她，把我痛扁一頓，因為**他**會因此感到興奮，所以她要我那樣用力打她，她還是不知道自己在做什麼。

但當然，因為她很可愛，因為我們還在親熱，因為我也很喜歡，我的大腦最後開始尋找一種思考方式，讓這個荒唐的要求不要顯得這麼徹底瘋狂。也許她搞錯了她告訴我要使用的力道，但除此之外，她確實知道自己要什麼。比如，用拳頭打人有不同的程度，她想要的是那種不會**真的**讓她有生命危險的方式。也許死抓著**最**

大的力量這句話只是被語言學給絆倒了。女孩希望我打她，因為那會刺激她，如果仔細想一想，這跟有個女孩想要被打巴掌、被打屁股或被勒脖子沒那麼不同，這些我以前都做過，抱著不同程度的熱情，達成不同程度的效果。

好吧，我告訴自己，女孩有怪癖，而且是可怕的怪癖，誰知道她從哪裡學到的——我的意思是，我可以想像，邪惡有許許多多的可能，我不想在那條路上走得太遠。但不管出於什麼原因，她現在有了這個怪僻，必定也是無能為力——就像戀足癖，甚至戀童癖——我們無法控制自己想要什麼，我們只能控制自己怎麼實現。這個女孩以一種完全成熟和負責的方式來實現她的欲望，她一開始就告訴了你，沒有等到你們約會三次，彼此神魂顛倒；她很坦率，她給了你選擇。她要求你做許多人會批評她的這件事，她有點把弱點暴露在你面前。沒錯，她也表現得有點霸道死板，但她其實誠實、爽快又直接，在某個角度來說，你不得不佩服她。

於是，我就來到了捫心自問的一刻：我能**揍**她嗎？不是盡最大的力量，而是只是……象徵性的？假設在那之後她超級興奮，我們於是有了美妙的性愛，那麼有何不可呢，對吧？但我仍舊還是——誰會做這種事啊？什麼樣的人會去見一個她不認識的人，要求對方用全力打自己呢？沒錯，就是一個想找死的人。就算拋開我將拳頭帶入性交場景的天生厭惡，我幹嘛要上一個想死的女孩？這樣我成了什麼？

問題是，我**現在**有了那樣的想法。我希望能說我當時沒有，說我太過沉浸在壓抑的迷霧中，所以沒有想到。但我**的確**想到了，我思考了，只是我就……讓它過去了，好像我的良心是一組磨損的煞車，我不想打這個女孩，但是情況有它自己發展的動能，而且，對啊，她精神有狀況，Tinder上那些跟我見面、在汽車旅館房間跟我搞的女孩，多多少少精神都有狀況，有**任何**功能性自保本能的女孩，她們從一英里以外就聞得到我的氣味，我猜所有的女孩不管怎樣都聞得到，而有的就是會被惡臭給吸引。但說老實話，這個女孩不會要求某個討厭的房地產仲介揍她，也不會要求某個大學生，她認出我是一個能夠滿足她要求的人，我打開門，她心想，對，那看起來是一個可能會喜歡打我臉的傢伙。被看成這種人，我覺得不安。但更令人不安的是，我知道，她是對的，也許那個渴望就在我的心中，儘管我看不見。也許照著她的要求去做，我可以清除它，否則就證明它不存在。

所以，我問她，問她最後一次：「妳**確定**妳想這麼做？」

她說：「我確定。」

我說：「妳不想只是愛撫一下，看個電影？」

她咯咯笑，有點嘲笑我說：「怎麼，你是害怕還是怎樣？」

我準備否認，但又想了一想，何不乾脆說真話呢？所以我說：「對，我其實會怕。」

她把手放在我的手上，好像在安慰我。「我知道很奇怪，」她說，「我不是有意把你嚇壞。」

「我只是認為我需要一點時間來理清我的想法，」我告訴她，「我從來沒有打過女孩子的臉。」

其實，我從沒打過任何人的臉，但我沒有那樣說，我不想聽起來像個業餘的。

她笑了，「經驗不是必要的！」她說，「我很榮幸成為你的第一個。」

看著她對著我那樣笑，我有個衝動想問她一百萬個問題，像是妳究竟怎麼會變成這樣，妳哪裡人，妳有沒有兄弟姊妹，妳做什麼工作，妳記得的第一件事是什麼，妳最愛的顏色，哦，對了，妳行李裡帶了什麼？

在我開口以前，她又捏了捏我的手。「你沒有什麼好擔心的，」她說，「我保證，你會很棒的。」

「我不大確定這麼說我是什麼意思。」

「意思是我信任你。」說完她親吻我的臉頰。

我不知道這是不是真的，但這是我需要聽到的話。我說：「好吧，如果妳確定這就是妳要的，那麼我就做吧。」

她的臉龐像討厭的耶誕樹亮了起來。她又親了我一下，就跳下床跑進浴室看一看。現在這大概根本不值得解釋，但我們講的不是什麼浪漫的度假勝地的浴室，有精緻的肥皂和大片的花灑蓮蓬頭，而是一個簡陋的汽車旅館小隔間，磁磚發霉，牆上有來源神秘的髒汙。我至少還有幾分希望她看到了，改變了心意。但沒有——她打開水，立刻進去。

即使是在浴室的螢光燈下，她裸體的模樣也是超美的——她有我非常喜歡的那種嬌小體型——但同一時間，我偷偷尋找她身上的瘀青，想知道我是不是這週被她要求打她的第三個人。但她身上沒有任何痕跡，沒有傷口什麼的，她是一個外表完全正常的女孩。

我跟她一起洗澡，我們接吻，她替我含了一下，但我沒什麼反應，因為接下來的壓力。很快，顯然口交是不會發生了，所以我就說，嘿，來愛撫吧。我們就愛撫了，但幾分鐘後，她往後退開，開始給自己抹肥皂，從我肩膀上頭看出去，好像那裡有什麼超級有趣的東西。我猜她在暗示她沒有在注意，此刻是打她的好時機。

於是，我打了她，不是真的打，而是很輕柔很輕柔、很小心很小心地拍了一下，好像我用拳頭在她的鼻子上親一下。

拜託，那樣就夠了，我心想。

沒有，有那麼一瞬間，她臉上露出非常不屑的表情。她說：「我需要你認真做這件事，萊恩，你**沒有**盡全力，真的揍我，好嗎？」

她開始洗頭髮，讓我爭取了一點時間。但我知道，時間好像在流逝，我現在怕了，我身體裡有了恐懼，我可以感覺到手臂無力，胸膛緊繃。樂趣和真實之間有一個門檻，我必須踩在不會真正傷害她的空間，但**一定**要能滿足她，那是一個窄到危險的區域，誤判的可能性很高。當然，有一小部分大腦告訴我，哥們，你不用做這件事，你不用走這條路。但另一部分的我想著她是怎麼為了嚇到我而道歉，我又是怎麼向她保證提出這個要求並不奇怪。我不想收回那句話，我希望能滿足她向我提出的要求，真的希望。

於是，我們就處於這種荒謬的處境，她不停瞄我，眼神越來越銳利，好像是在說，來啊，哥們，就動手吧，就往我臉上打一拳吧。水越來越冷，她開始真的生氣起來，由於她必須假裝不知道要發生才有用，她不停地洗頭嘆氣，我握緊拳頭，對自己大吼：動手，動手，動手——

於是，我動手了。我的手往後一退，然後揮拳打了她，真的打了下去。

她倒了下去。她往下倒的時候，非常誇張地發出一聲長長的「嗚——」，等她摔到地上時，一道細細的鮮血從她的鼻子流入了出水孔，很細一條，但仍舊是流血了。

我說：「媽的！妳沒事吧？」

我立刻覺得很不舒服，我心想，天啊，要是她死了怎麼辦？我想像我被逮捕，我出庭的那一天，我拖著鏈鎖進監獄時，我媽哭了。我心想：我必須處理她的屍體，因為根本沒有人會相信我跟他們說的是實話。

我彎下腰去摸她的脈搏，她張開眼睛，好像我是她高中演戲時忘詞的笨搭檔，她噓聲說：「我**沒事**，但你現在應該要**踢**我。」

她又閉上眼睛，讓我告訴你吧，那一刻我好恨那個女孩，我很確定她也恨我。我確定知道她在想什麼：她到處想找某個壞蛋，不管她困在什麼黑暗的地方，讓那人跟她一塊下去，結果最後找到這個蹩腳的壞蛋，一個太膽小不敢叫她滾、又太害怕不敢做他答應會做的事的傢伙。

之前我根本沒有多想踢她的事，因為一心只掛念著打她這件事，但現在踢她似乎更可怕了，她躺在那裡，閉著眼睛，毫無防備，整個人捲成胎兒姿勢，好像要保護自己不受我的傷害。甚至有一句俗話就是在說這個，說踢一個已經倒下的人是非常惡劣的。我高高站在她的身邊，在這個冰冷發霉的汽車旅館淋浴間想移動我的腿，但不能，我做不到。但我知道，除非踢下去，否則沒有結束的時候。也許，在另一個宇宙，另一個版本的我會把她抱起來，用毛巾裹著她，說：「親愛的，我尊重妳，但妳值得更好的，我們都值得更好的。」或者諸如此類的廢話。但如果我活在那個宇宙，她就不會在這裡，我就不會住在這個汽車旅館，最起碼那個版本的我會把髒死的棉被送去乾洗，會叫她把鞋子從他的床上拿開。那會是一個合理的世界。但在這個世界，我低頭看著這個女孩，心想，哇，去妳的，小姐，因為我知道我的生活一團糟……但我直到妳出現才明白**有多糟**。

做治療時，他們會討論跌到谷底的感受，我想說這就是我的谷底，站在那個赤裸的女孩旁邊，準備好要踢她的肚子。責任與無力感結合——真的，站在她的身邊，我清清楚楚明白我沒有人能責怪，讓我的生活完全失去控制的人就是我，我做過的每一件事把我帶到了這裡，我所有的選擇引導我到這裡，到這一件事上。

但如果那**就是**我的谷底，我會改變，對吧？看見了不光會影響我，也多少會幫助我，但沒有，只是讓我覺得更糟。

所以，最後，我做了，我踢她的肚子，就像她要求的一樣。那時，我才明白為什麼整件事必須在洗澡時發生，因為她吐了。那米黃色的燕麥片從她嘴裡噴出，混合了水，在我的腳踝邊上旋繞。那一刻，我的記憶像破電視那樣嘶嘶冒出來，但我可以告訴你，這比我想像的要糟糕許多，非常非常非常非常糟。

之後，她也沒洗一洗，連肥皂都沒有碰，就直接上了床，對我打了個手勢。我腦中那個小小的聲音幾乎是在**尖叫**，就像在說，萊恩，停停停，拜託。但我沒停下來，我幹她，就在那條汽車旅館的棉被上。我屏住呼吸，以免聞到嘔吐的味道，她的鼻孔裡與鼻子及上唇之間有一層凝固的血，那是我見過最恐怖的東西。

我不知道。

我想重建我在人生那個階段的處境，弄清我是怎麼走到那裡，走到那一拳，走到那張床，走到那個女孩——但我辦不到。我可以看到某些糟糕的決定導致了其他糟糕的決定，但我沒辦法一直走到那裡，就像假想有一條曲線，我越來越低，越來越低，然後從雷達螢幕上消失了，過了一段時間，曲線上升，又能看見了。我不知道中間發生了什麼，因為最糟糕的事不是揍她，不是踢她，不是後來跟她上床，也不是結束後跪在浴室對著馬桶大嘔特嘔。是一切結束之後，她走了，我一個人時的感受。

◆

我始終不知道行李裡面有什麼，也許是性愛玩具或是性感內衣，也許是性虐用品，也許是拳擊手套，也許是一顆炸彈：某種性變態走進了房間，要求一個傢伙打他，不打你們兩個直接被炸到天國。也許是空的，也許她無家可歸，也許是她所有的家當。她離開後，立刻上Tinder把我刪了——說真的，刪得有夠快的，我想她一定是在停車場刪的——因此我永遠不會知道。

顯然，她是一個有很多問題的女孩，我們都有狀況，但我可以老實說，她是我見過唯一一個毫無疑問跟我一樣，生活一團糟的人，所以我想我們至少有那個共同點吧？

這一切發生不久後，我哥跑來巴爾的摩，插手管了我事。我離婚辦好了。我最後找到一個工作，搬離了這個城市，開始參加不定期聚會，但實在很難決心好好遵守那些步驟。直到我恢復了理智，我的人生曲線才開始上升，我可以畫出我的決定；就算做了壞的決定，我可以給你原因，我可以說，我做x是因為y。

多年過去了，我仍舊會想念她，賈桂琳，她叫賈桂琳。我很想知道她的情況，想知道她怎麼會變成這樣，想知道她該死的行李裡裝的是什麼，想知道她現在在做什麼。我最後總是得出同樣的結論，也就是：她一定是死了吧？她對我說話的方式，她是多麼仔細地解釋她需要什麼——我不是第一個被她要求那樣打她的人，我知道我不是，那樣的決定會有一個自然的結果，插入x，得出y。你不停到汽車旅館房間和男人見面，要求他們打妳，最後早晚一定會死的，不是嗎？

但誰知道，沒死也說不定。

咬人女

Biter

愛麗愛咬人。她咬幼兒園的小朋友，咬她的表哥表姊，咬她的媽媽。四歲時，她去看一個特別的醫師，一週兩次，「研究」咬人的問題。在醫師那裡，愛麗讓兩個娃娃互咬，娃娃接著談論咬人和被咬給它們帶來的感受。（「好痛，」一個說。「對不起，」另一個說。「那讓我覺得難過，」一個說。「我覺得開心，」另一個說，「但……對不起。」）她絞盡腦汁，列出不咬人可以做的事，比如舉手求助或深呼吸數到十。在醫師的建議下，愛麗的爸媽在愛麗的房門貼上一張表格，如果愛麗一天沒咬人，媽媽就會在上頭貼一個金色的星星。

但愛麗就是愛咬人，比她愛金色的星星還要愛，她繼續咬人，又開心又兇狠。直到有一天幼兒園放學時，漂亮的凱蒂．戴維斯指著愛麗，大聲地對她爸爸耳語：「那個就是愛麗，沒有人喜歡她，她會**咬**人。」愛麗覺得羞愧得要命，二十多年來再也沒咬過人。

◆

成年後，踴躍咬人的日子已一去不復返，但愛麗仍然沉醉在白日夢中，幻想自己在辦公室四處跟蹤同事，咬他們一口。譬如，她會想像自己溜進複印室，湯瑪士．威特庫姆在裡面整理報告，聚精會神忙著，沒有留意到愛麗正悄悄從後面爬過來。**愛麗，妳究竟想幹嘛？**湯瑪士．威特庫姆大叫起來。幾秒後，愛麗就把她的牙齒咬進他胖嘟嘟、毛茸茸的小腿裡。

儘管世人已經成功讓愛麗慚愧得不敢再咬人，但無法令她忘記那一次的喜悅：她踮著腳尖，走到羅比·凱特里克後方，羅比·凱特里克站在勞作桌旁，自以為了不起地在堆積木；一切是正常的，安靜的，無趣的，接著愛麗來了——**喀！**羅比·凱特里克像嬰兒一樣哇哇大叫，每個人都手忙腳亂呼喊著，愛麗不再只是一個小女娃，而是一頭在幼兒園走廊闊步的野獸，在所經之處播下混亂與毀滅的種子。

◆

兒童和成人之間的不同在於成年人明白自己行為的後果，愛麗身為一個成年人，明白她想付房租保健保的話，就不能在上班時到處咬人。因此，有很長一段時間，愛麗沒有認真考慮咬同事這件事——直到總務在午餐時心臟病發，在大家眼前猝死，而人力派遣公司派了科瑞·艾倫來暫代他的工作。

科瑞·艾倫！愛麗的同事後來互相問道：人力派遣公司究竟在想什麼，派他來？綠眼、金髮、粉紅色臉頰的科瑞·艾倫並不屬於辦公室環境，科瑞·艾倫像農牧之神或森林之神，屬於陽光明媚的田野，四周圍繞著喜洋洋的裸體仙女，只會做愛和喝酒。會計部的蜜雪兒說得很好，科瑞·艾倫給人的印象是，他可能隨時決定辭去總務工作，跑去一棵樹上去定居。愛麗有點算是辦公室邊緣人，經常一走過去，房間裡有關科瑞．艾倫的對話就安靜下來，他們的重點應該是辦公室有多少其他女人想跟他上床吧。科瑞．艾倫既漂亮，又像小妖精。

愛麗並不想跟科瑞．艾倫上床，愛麗想咬他，狠狠地咬他一口。

週一晨會前，看到科瑞．艾倫把糖霜甜甜圈放到大淺盤上時，她發現了這一點。他把甜甜圈擺好後，轉身注意到她正盯著自己瞧，就眨了眨眼。「怎麼，愛麗，妳露出了飢渴的樣子。」他斜著眼說。

愛麗並沒有像科瑞．艾倫暗示的那樣打量他，甚至也沒有想著甜甜圈，可突然發現自己想像用下巴緊緊咬住科瑞．艾倫脖子最柔軟處的情景，科瑞．艾倫痛得大叫，跪倒在地，這洋洋得意的表情就會從他臉上消失。他會虛弱地拍打她，喊著：「嗚，不，愛麗！不要咬了！行行好！這是怎麼一回事？」但愛麗不願回答，因為她一張嘴塞滿了科瑞．艾倫甜美又羶腥的肉。不見得要他的脖子，她對部位並不挑剔，她可以咬科瑞．艾倫的手，或臉，或手肘，或屁股。各個部位有不同的滋味，不同的口感，不同比例的骨頭、脂肪與皮膚；各個部位都有其獨特的美味。

也許我**會**咬科瑞．艾倫，愛麗在會議後心想。愛麗在通訊部門工作，也就是說她有九成時間花在精心撰寫沒有人會讀的電子郵件。她有儲蓄帳戶和人壽保險，但沒有情人，沒有抱負，沒有親密的朋友。她有時覺得自己的整個人生建立在一個觀念上：追求愉悅沒有避免痛苦來得重要。成年的問題也許在於，你太過仔細衡量自己行為的後果，導致你過著你所鄙夷的生活。如果愛麗真的咬了科瑞．艾倫呢？

如果她咬了呢？那麼會怎麼樣呢？

那天夜裡，愛麗換上她最好的睡衣，點了根蠟燭，給自己倒了杯卡本內紅酒。她打開筆蓋，翻開她最喜歡的筆記本，找到新的一頁。

不咬科瑞．艾倫的理由

一、這是錯的。

二、我可能會有麻煩。

她輕輕咬了一下筆尖，又補充了兩點。

不咬科瑞．艾倫的理由

一、這是錯的。

二、我可能會有麻煩。

A、我可能會被炒魷魚

B、我可能會被逮捕／處以罰款

愛麗心想：如果可以咬科瑞的話，我並不介意被炒魷魚。過去一年半來，她大部分的午休時間都在滑手機，瀏覽Monster.com上的招聘訊息。她準備找新的工作，也覺得自己有能力找到新工作。但是，找到新工作所以辭去舊工作，與由於咬人所以丟掉舊工作才再找新工作，這是不同的兩件事，在這種情況下，新工作會根本找不到嗎？或者只是很不好找呢？很難知道。

愛麗抿了一口酒，把注意力轉向**B、我可能會被逮捕／處以罰款**。嗯，這絕對是有可能的，但如果一名女性在辦公室環境中咬了一名男性，其實大家會強烈假定男人是活該的。舉個例子吧，如果她在週一晨會當著所有的人面走到科瑞面前咬他一口，他們問她為什麼要那麼做，她回答：「性滿足。」那麼，是的，她可能會被逮捕。但如果是在私底下咬科瑞，好比說是在複印室，當他們問她為什麼要這麼做，她說：「他想亂摸我。」甚至不要損害他的名聲，「他從我後面走來，嚇了我一跳，我出於本能咬他，非常抱歉。」那麼，大家可能姑且相信她是無辜的。追根究柢下來，身為一個沒有犯罪紀錄的年輕白人女子，愛麗可能起碼有一張免坐牢卡，只要她編一些有幾分道理的故事，大家就會相信她。

愛麗伸開雙腿，又倒了一杯酒，心想其實還有另一個發展的可能。如果她私下去找科瑞，咬了他一口，這個經驗太怪誕了，他後來沒有告訴任何人，因為他自己都不敢相信？

想像一下，在下午稍晚的時分，過了五點，天色已暗，辦公室無人，除了科瑞和愛麗以外，大家都回家了。愛麗走進房間，科瑞正在把紙放進影印機中，她站在他的身後，以不當的距離貼近他。他自以為知道要發生什麼，身體一僵，準備禮貌地拒絕她，不是因為他對職場禮節有一己的標準，而是因為他已勾搭上人事部的瑞秋。「愛麗……」他用帶著歉意的語氣說。這時，她捉住他的小手臂，拉到自己的嘴邊。

科瑞可愛的臉龐扭曲了，先是因為驚嚇，接著是因為疼痛。「放開，愛麗！」他大叫，但沒有人聽見。他手臂肌肉在愛麗的下巴底下晃動斷裂。科瑞最後恢復些許理智，足以將愛麗推開。她跌跌撞撞往後退，撞上一疊複印紙，接著滑倒在地。科瑞驚恐地盯著她，抓著流血的小手臂。他等著她的解釋，但她不給他任何解釋，而是冷靜地站起來，拉直裙子，在走出房間前擦去嘴裡的鮮血。

科瑞會怎麼做？當然，他可以直接跑去人資室說：「愛麗咬我！」但畢竟這是辦公室，不是幼兒園，談話的所有內容將是荒謬的，「愛麗，妳咬了科瑞嗎？」他們會問。愛麗揚起眉毛說：「呃……沒有？好奇怪的問題。」如果人資室的人逼問，又說：「愛麗，這是很嚴重的指控。」愛麗只要說：「欸，好誇張噢，當然，我怎麼會咬總務，我不知道他為什麼這麼說。」

科瑞什麼都沒說的可能性確實非常高。他會在複印室待上一會兒，思考這個情況，接著隔天決定最簡單的做法就是假裝那件事沒有發生。他穿長袖襯衫來上班，遮住手臂上難看的瘀青，以及她用牙齒在他身上留下的半月形小記號。接著，科瑞．艾倫的大腦有一個部分會專門用來掌握愛麗的確切動態。開會時，她會發現他正在看她，辦公室有聚會時，他會不停走動，離她越遠越好。就算他再也不跟她說話，從某個角度來說，他們也好像永遠都在跳舞。幾個月後，趁沒人注意時，她會對他咧嘴一笑，然後喀嚓一聲合起嘴來，他就會變得跟鬼一樣蒼白，然後匆匆離開房間。他會一輩子記得她，他們因為他閃閃發光的恐懼之繩而結合。

那天深晚，愛麗身上的汗水乾了，雙腿纏在床單中，她強迫自己回去客廳拿筆記本。幻想歸幻想，但起碼有隻腳站在現實領域中是很重要的。她回到床上，翻開筆記本，改寫她的清單：

不咬科瑞．艾倫的理由

一、這是錯的。

二、這是錯的。

三、這是錯的。

四、這是錯的。

愛麗把筆記本帶去上班，將清單收在抽屜的最下面，只要想咬科瑞．艾倫的欲望變得太過強烈，就看它一眼。她發明一個遊戲，這個遊戲叫「機會」。愛麗**不會**咬科瑞，雖然她想咬，所以她認為她值得為此得到讚許。因此，每當她發現自己有機會**可以**咬他卻沒咬，就給自己一分。她在筆記本上記下時間和地點，旁邊還加上一顆小星星。在無人的樓梯從他身邊經過得一分，注意到他走進單人廁所但沒有立刻鎖上門得一分。還有一次，就如同她的幻想一樣，她注意到他在每個人都回家後獨自走進複印室，也是一分。累積到十分時，她就出去吃冰淇淋，一面吃，一面允許自己幻想把科瑞．艾倫咬個痛快。

幾週後，愛麗在她的「機會」遊戲中觀察到一件很有趣的事。假設把她在某一段時間內所得到的機會畫成表，會發現一開始次數很少，接著她開始清楚科瑞．艾倫的活動計畫，找到了在辦公室能趁沒人注意時咬人的黃金地點，次數就穩定增加了。但到了十二月中，次數突然大幅下降：科瑞．艾倫的活動計畫變得難以預料，當他進入那些黃金地點時，那裡很少時候是沒有人的。數據出現干擾訊號，而愛麗花了一些時間才發現，在這些地方最常出現的那個人是會計部的蜜雪兒，她結婚了。

嗯嗯嗯。

等到一年一度的節慶聚會再度來臨時，「機會」遊戲已經不再那麼有趣了。愛麗不想幻想咬科瑞．艾倫，她想咬他，但她不能，所以她很生氣。是的，有時你想要某件東西卻得不到，但有時有人知道自己想要的是不道德的，卻還是照樣去做了。比如，和已婚人士上床，這是不對的，但天天都有人這麼做。比如，就在那邊，那是會計部的蜜雪兒的可憐丈夫，穿著一件布滿冬青漿果的耶誕毛衣。想像一下，那傢伙半夜躺著睡不著，想搞清楚為什麼妻子變得這麼疏遠。想像一下，如果他瀏覽了她的簡訊，發現妻子和科瑞．艾倫——她曾經形容為「一個教人毛骨悚然的小精靈」的人——之間一連串的浪漫交流，他會是多麼傷心，多麼受辱。當然，會計部的蜜雪兒的丈夫在那種情況下所感受到的情緒痛苦，讓被小小咬一口所造成的肉體痛苦**相形見絀**，尤其如果愛麗咬的是科瑞沒有那麼多末梢神經的地方——比如背部或上臂。

別再想了，愛麗，她堅定地告訴自己，別人有錯在先，不代表自己有理由犯錯。科瑞．艾倫要為自己的行為負責，妳也要為自己的行為負責。

儘管如此，她還是忍不住狠狠瞪著他到處打情罵俏，用高腳杯分發果汁汽水。他跟人資部的瑞秋有熱烈的眼神交流，會計部的蜜雪兒現在八成很嫉妒吧。但很有可能是科瑞・艾倫在嫉妒會計部的蜜雪兒的丈夫，所以這或許才是關鍵。科瑞・艾倫跟瑞秋那樣調情其實不是好心，只是要讓蜜雪兒嫉妒，科瑞・艾倫實在是壞透了。科瑞・艾倫此時在派對的另一頭，跟愛麗不認得的人聊天，大概是同事的太太。也許科瑞・艾倫玩的是他自己版本的「機會」，讓一個女人發笑臉紅就能得分。

愛麗站在附近，好奇科瑞・艾倫會不會注意到她。她的洋裝很緊，黑絲絨材質，裙長及地，比她平日的辦公室穿著更性感，但也很可能像喪禮穿的，不大適合吸引科瑞・艾倫這種愛鬧著玩的人的注意。

愛麗覺得超級絕望的，簡直想自殺了。有什麼意義呢？也許她應該咬科瑞・艾倫一口，然後從懸崖跳下去。

回家吧，愛麗，她心想，妳喝醉了。

她把空杯放在一旁的桌上，到單人廁所往臉龐潑水。她走出來時，他在那裡，獨自在空蕩蕩的走廊上等著她——科瑞・艾倫。

愛麗得一分！這是一個千載難逢的機會，也就是說，她不想做任何會後悔的事的話，就得離開了。

「哈囉，愛麗！」科瑞・艾倫興高采烈地說，「我以為妳要走了！我不想讓妳沒說再見就溜了。」

「我只是去尿尿。」愛麗一面說，一面想從他的身邊走過。科瑞・艾倫把頭往後一仰，笑了起來。愛麗想像自己像咬青蘋果一樣，把牙齒深深咬進他的喉結。討厭死了，科瑞・艾倫，她心想，我正在努力克制我自己，讓我過去。

「等等，愛麗，」科瑞・艾倫抓住她的胳膊說，「妳看到上面那個嗎？天花板上？」

「啥？」愛麗一面說，一面反射性地往上看。就在她這麼做的時候，科瑞・艾倫抓住她，用嘴脣捂住她的嘴脣，把舌頭鑽進她的嘴裡。她想將他推開，但他一隻手就控制住她，另一隻則抓住她的屁股。以一個小精靈來說，他力氣很大。

當他終於放開她時，感覺已經過了如永恆般那麼久的時間。她喘著氣往後退，相信她就要吐了。

「搞什麼鬼，科瑞？」她說。

科瑞・艾倫咯咯地笑。「我以為我看到槲寄生！」他大叫說，「哎喲，是我搞錯了！」

太可怕了，愛麗心想，比被咬還慘，太古怪了。

但是，她又想，哦，對了，我的機會來了。

儘管已經二十年乏於練習，愛麗仍舊一派鎮定，目標堅定。她像吸血鰻魚張開了嘴，撲向他隆起的顴骨，顴骨在她牙齒底下嘎吱嘎吱響。這一口是她夢寐以求的一切。科瑞發出尖叫，雙手不停揮打，伸手過來抓她。但她非但沒有鬆口，頭還快速地來回晃動，晃了三下，就像一隻狗要把什麼咬死那樣搖晃，最後從他的臉上咬下了一塊肉。

科瑞．艾倫癱倒在她腳底下，抓住自己尖叫起來。

愛麗從嘴裡吐出一團他的皮膚，用手背擦去嘴唇上他的鮮血。

哦，糟糕。

她做得太過分了。

他毀容了。

她要進監獄了。

起碼她的餘生會有這樣的記憶。她會用她的監禁歲月，畫下科瑞．艾倫的可愛照片——被咬之後那幾秒他臉龐扭曲的模樣——用膠帶貼在牢房牆上。

她身後響起一個指責的聲音：「我看到發生了什麼事，我看到了整個經過。」是會計部的蜜雪兒，愛麗還沒來得及開口，會計部的蜜雪兒就給她一個大大的擁抱。

「妳還好嗎？」蜜雪兒問，「我很替妳難過。」

「什麼？」愛麗說。

「那是人身侵犯，」蜜雪兒說，「他**侵犯**妳。」

「噢，沒錯！」愛麗回憶著說，「他侵犯我！」

「他也對我做了同樣的事，他尾隨我走到樓梯間，抓住我，還不只一次。他根本是野獸。我是來警告妳的，謝天謝地，妳能保護自己，妳的鬥志太強了，愛麗，妳確定妳沒事嗎？」

「我沒事。」愛麗說。她的確沒事。

原來科瑞·艾倫不只亂摸愛麗，也不只亂摸蜜雪兒，另外還摸了幾個女人。人資部的反應又快又嚴厲，科瑞走了，愛麗的紀錄連一個字也沒多，她甚至後來在辦公室裡還多了許多的朋友。

儘管如此，她還是在六個月內離開了，尋找一個新的開始。在那之後，她每年定期換工作，因為她很快就了解到，每一間辦公室都有一個，一個大家竊竊私語的人。她只要傾聽，等待，給他一個「機會」，他很快就會找上她。

感謝

拉萊斯・米勒羅、馬克・希爾、比爾頓・傑伊佛、格倫達・卡皮奧、布雷特・安東尼・強斯頓、傑夫・梵德米爾、安・梵德米爾、克萊兒・韋依・瓦金斯、勞拉・卡西奇克、彼得・霍・戴維斯、艾琳・波拉克、道格・特雷佛、佩特拉・屈珀斯、海倫・澤爾、霍普伍德基金會、克拉里翁班二〇一四、密西根ＭＦＡ班二〇一七、珍妮・法拉利—安德爾、泰勒・科廷、莎莉・伍佛德—吉拉德、黛博拉・泰雷斯曼、艾莉森・卡拉漢、梅根・哈瑞絲、布利塔・隆貝格、珍妮佛・伯格史東、珍妮佛・羅賓遜、卡羅琳・雷迪、瓊恩・卡普、麥可・沙維特、安娜・佛萊徹、艾瑪・帕特森、喬・皮克林、卡莉・雷、萊拉・碧阿克、蜜雪兒・科洛斯、達里安・朗茲塔、奧利維亞・布勞斯坦、瑪莉詠・葛瑞絲、吉爾・肯瑞克、艾利森・格萊斯、卡蘿・魯潘妮安、蓋瑞・葛詹尼加、阿爾曼・魯潘妮安、艾力克斯・魯潘尼安、艾莉莎・魯潘妮安・托哈、馬汀・托哈、薇薇安・托哈、珍・利迪亞德、梅莉莎・烏倫・希利、李茲・梅恩斯—阿蒙扎德、萊斯利・古德曼、安德魯・雅各、詹姆斯・布朗特、尼克・多諾佛里奧、斯凱勒・森夫特—葛魯普、克利絲汀・李、露西・雷澤爾、艾胥黎・懷塔克、艾格麗・哈蒙德、凱莉・柯林斯。

謝謝你們。

國家圖書館出版品預行編目資料

貓派 / 克莉絲汀・魯潘妮安著；呂玉嬋譯. -- 初版. -- 臺北市：皇冠, 2019.7 面; 公分. --(皇冠叢書；第4769種) (CHOICE；324)
譯自：You Know You Want This

ISBN 978-957-33-3457-6 (平裝)

874.57 108009610

皇冠叢書第4769種
CHOICE 324

貓派

You Know You Want This

作　　者—克莉絲汀・魯潘妮安
譯　　者—呂玉嬋
發 行 人—平雲
出版發行—皇冠文化出版有限公司
台北市敦化北路120巷50號
電話◎02-27168888
郵撥帳號◎15261516號
皇冠出版社(香港)有限公司
香港上環文咸東街50號寶恒商業中心
23樓2301-3室
電話◎2529-1778　傳真◎2527-0904
總 編 輯—龔槵甄
責任主編—許婷婷
責任編輯—蔡維鋼
美術設計—嚴昱琳
著作完成日期—2019年
初版一刷日期—2019年7月

法律顧問—王惠光律師

讀者服務傳真專線◎02-27150507
電腦編號◎375324
ISBN◎978-957-33-3457-6
Printed in Taiwan
本書定價◎新台幣320元/港幣107元